PARIS

A TABLE.

IMPRIMERIE SCHNEIDER ET LANGRAND, RUE D'ERFURTH, 1

———

Papeterie d'Essonne

PARIS A TABLE

PARIS

A TABLE

PAR

EUGÈNE BRIFFAULT.

Illustré par Bertall.

PARIS

PUBLIÉ PAR J. HETZEL,

RUE DE RICHELIEU. 76 — RUE DE MÉNARS, 10.

1846

TABLE DES SOMMAIRES.

I

LE DINER DE PARIS.

II

HISTOIRE DU DINER JUSQU'A NOS JOURS.

III

L'ÉPOQUE ACTUELLE.

IV

VARIÉTÉS DU DÎNER.

V

DES GENS QUI NE DÎNENT PAS.

TABLE. III

XI

EXCENTRICITÉS.

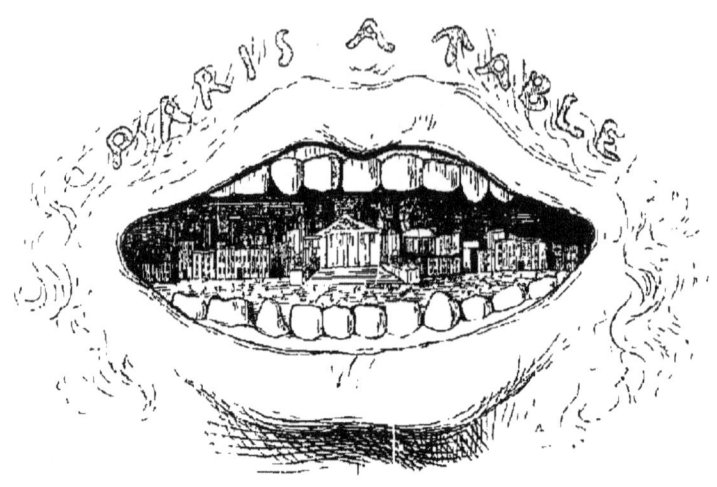

PREMIÈRE PARTIE.

LE DINER.

I

LE DINER DE PARIS

Propos de diplomate, ville et homme, les savants et le géant, Paris, pas de gastronomie, observations, un roi nègre, quand Paris se met à table, superficie, les bouquets noirs — LE DINER DE PARIS : Menu pour l'ampre, la France et Paris, ses domaines, son service, ses ressources, goût et élégance, les arts, sa table, ses mets, ses vins, la dîne, série de tableaux

Un diplomate, ce n'est pas M. de Talleyrand, disait qu'il n'aimait à traiter avec les gens qu'après les avoir vus à table. Il semble, en effet, que chez l'homme, ainsi que chez les autres animaux, les instincts originels se manifestent avec plus d'énergie et de franchise, dans l'accomplissement de ces fonctions si nécessaires à la vie.

1

Il y a, selon nous, un charme infini à regarder de quelle manière, vit, agit et se meut une ville, comme si l'examen s'attachait aux faits et gestes d'un seul homme. S'il arrive que cette ville soit une cité considérable, non pas seulement par sa splendeur et par son étendue, mais par sa puissance, par l'impulsion et par le mouvement qu'elle imprime à la civilisation ; si cette ville s'appelle Paris, tout grandit et s'élève avec elle. La taille des savants qui mesurèrent Micromégas ne dépassait pas la hauteur de l'orteil du géant, dont un seul point, bien apprécié, leur révélait les dimensions.

Que l'on ne s'étonne donc plus de cette ferveur d'exploration qui s'attache aux moindres détails de la vie que mène Paris. Ce culte n'est point celui de la mode et de l'engouement ; ce n'est point une manie ; c'est la conséquence rigoureuse de cette loi de la nature morale et physique, en vertu de laquelle tout rayonne du centre à la circonférence.

Nous n'écrivons point un ouvrage de gastronomie, bien convaincus, par notre propre expérience, qu'on ne donne pas plus d'appétit à un mauvais estomac que d'esprit à un sot.

Dans la masse cyclopéenne et gargantuaélique de la consommation parisienne, nous avons découvert un tel nombre de faits et d'aperçus gais et utiles, que nous avons voulu montrer combien est piquante cette variété du menu colossal qui, chaque jour, couvre la table de Paris.

Le roitelet d'une peuplade de négrillons fait, dit-on, proclamer par un héraut, après son royal repas, que tous les rois de la terre peuvent dîner, lorsqu'il est repu. Ce conte de voyageurs qui venaient de loin a fait le tour du monde

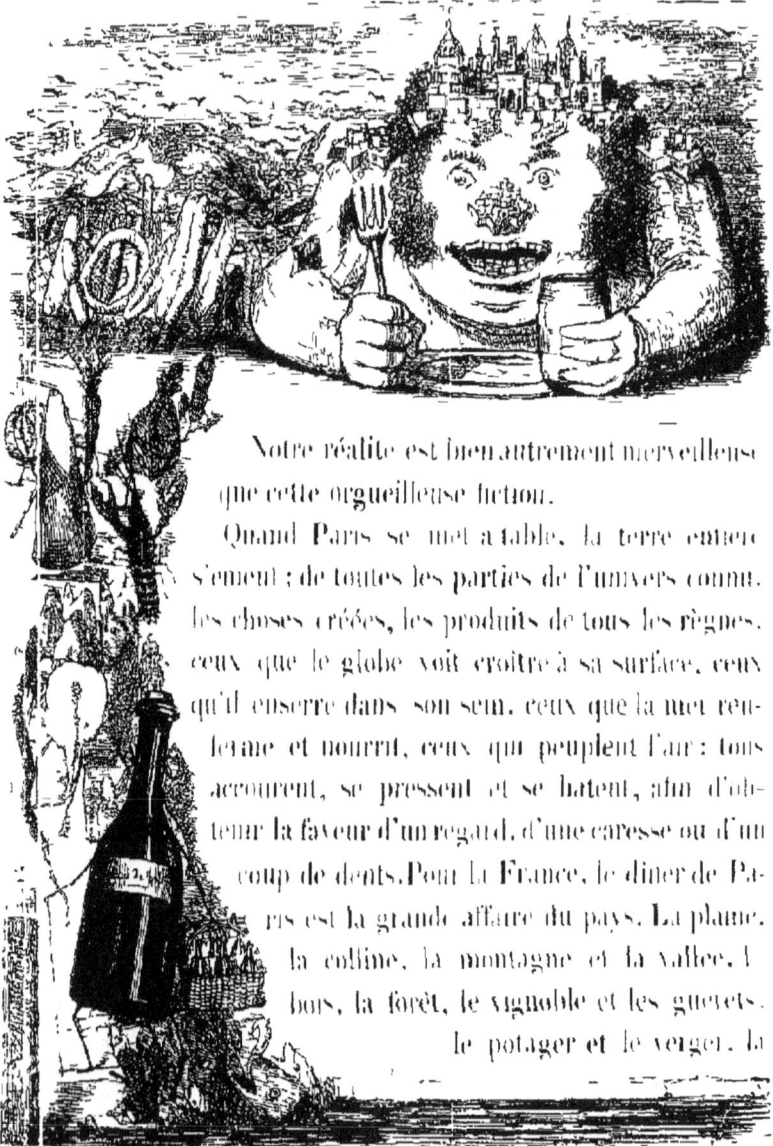

Notre réalité est bien autrement merveilleuse que cette orgueilleuse fiction.

Quand Paris se met a table, la terre entière s'émeut ; de toutes les parties de l'univers connu, les choses créées, les produits de tous les règnes, ceux que le globe voit croître à sa surface, ceux qu'il enserre dans son sein, ceux que la mer renferme et nourrit, ceux qui peuplent l'air : tous accourent, se pressent et se hâtent, afin d'obtenir la faveur d'un regard, d'une caresse ou d'un coup de dents. Pour la France, le diner de Paris est la grande affaire du pays. La plaine, la colline, la montagne et la vallée, le bois, la forêt, le vignoble et les guérets, le potager et le verger, la terre et l'eau sont ses tributaires. Tous ne désirent la fécondité et n'enfantent des prodiges que pour plaire à cette ville souveraine, dont la voracité les réjouit et fait leur opulence et leur félicité.

Chaque année voit grossir la quantité des victuailles englouties dans ce gouffre qui s'élargit au lieu de se combler, et devient plus vaste et plus profond, à mesure qu'il absorbe davantage. Effrayante et formidable progression !

On croit assez généralement qu'il n'y a rien de plus uniforme que les habitudes alimentaires d'un peuple. Il en est peut-être ainsi pour ceux dont les regards s'arrêtent à la superficie. Leur observation hâtive assigne aisément une même heure et une forme invariable aux repas de toute une nation ; à peine daigne-t-elle indiquer les nuances inséparables de la diversité de position et de fortune, dans les différentes classes de la société qu'elle visite.

Pour cette insouciance, chaque agglomération d'hommes a une façon de *brouet noir* : ce mets indigène s'appelle, *potage*, à Paris ; *roastbeef*, à Londres ; *olla podrida*, à Madrid ; *sauerkraut*, à Vienne, à Berlin et dans toute l'Allemagne ; *macaroni*, par delà les Alpes ; *stockfisch*, sur la Baltique ; *hareng*, en Hollande ; *caviar*, dans le Nord ; et *pilau*, dans tout l'Orient.

On sait ainsi ce qu'un peuple mange ; mais on ne sait rien de ces mœurs intimes qui montrent sa physionomie véritable sous un aspect, sans cesse mobile, pittoresque et vivant. C'est ce que nous tâchons de faire pour Paris.

Les héros d'Homère et les fils de l'imagination de maître

François sont des nains, dont on ne peut comparer les proportions myrmidoniennes à la grandeur de notre ville. Pour la nourrir, chaque jour, des milliers d'individus voués au service de sa bouche, se condamnent volontairement à un travail continuel

Pour Paris, cinq abattoirs ont tué et dépecé, dans l'année 1844 : 76,481 bœufs, 16,574 vaches, 77,881 veaux, 457,383 moutons, 90,000 porcs. Voilà pour son croc !

Les menues denrées, pâtés, terrines, viandes confites, écrevisses et homards, friandises que Paris mange, en s'amusant, comme hors-d'œuvre, pour charmer ses loisirs et aiguiser son appétit, forment un poids de 112,000 kilogrammes. Les viandes à la main, petits présents qui lui viennent d'alentour, n'entrent, dans son régime, que pour 824,000 kilogrammes ; la charcuterie y joue un rôle plus important, il en absorbe 5,418,000 kilogrammes, ce qui justifie suffisamment la soif ardente dont il est sans cesse tourmenté. Il y a aussi des *abats* et des *issues* ce sont les miettes de sa boucherie : cela ne s'élève guère qu'à 1,240,779 kilogrammes.

Tels sont les principaux éléments de la partie animale de son régime alimentaire.

Les autres agréments de sa table ne sont pas moindres que ceux dont nous venons de parler.

La volaille et le gibier, le beurre, les huitres, la marée, les

œufs, le fromage, absorbés annuellement par Paris, ont une
valeur de 25 millions, dont 10 millions pour la volaille et le
gibier seulement. 8 millions pour les poissons, les huitres et
la marée, 5 à 6 millions pour les œufs, près de 1 million et
demi pour les fromages.

En 1845, Paris a consommé plus de 1 million d'hectolitres

de vin; 115 litres environ pour
chaque habitant. Cette quantité est celle du vin réel, et
introduit légalement dans Paris; mais qui dira jusqu'à quel
point se sont étendues la fraude
et la fabrication. Le comité vini-
cole évalue à 500,000 hectolitres l'eau vendue pour du
vin. Ce n'est encore qu'un
chiffre probable.

Paris a bu, en outre, 119 hectolitres de bière et 14,000 litres de cidre et de poirée. Les eaux-de-vie ont fourni à sa consommation 56,000 hectolitres, dans lesquels on comprend, il
est vrai, les liqueurs et les fruits à l'eau-de-vie, les eaux de
senteur, les vernis à l'alcool, et l'alcool pur en cercles. Nous
pensons que les quatre cinquièmes de cette quantité doivent
être attribués à la consommation de la bouche.

On aura une idée de ce qu'il mange de fruits, en se rappelant
que le raisin seul est représenté, chez lui, pour 625,962 kilogrammes. N'oublions pas de dire que Paris met dans ses salades, tous les ans, 18,000 hectolitres de vinaigre et trois fois
autant d'huile.

Les provinces qui l'environnent lui fournissent des légumes :
il en vient de plus de vingt myriamètres à la ronde : il met à
contribution toute la contrée française. La Provence est sa
serre chaude ; la Touraine est son jardin ; la Normandie élève
et engraisse son bétail ; les troupeaux qu'il destine à sa table
paissent dans les prés vigoureux que sale l'eau de la mer, et
sur les crêtes aromatiques des Ardennes : il pêche dans les
trois mers : il est riche, plus que nul autre, de fleuves, de ri-
vières, de lacs et d'étangs : dans ses eaux, il possède les poissons les plus recherchés ; dans les torrents, viviers de ses mon-
tagnes, il voit se multiplier la truite : à l'embouchure de ses
fleuves, il trouve le saumon, l'esturgeon et ces espèces métis,
auxquelles le séjour dans l'eau douce et le voisinage de la mer
donnent de si délicates saveurs. Ses forêts et ses bois ne le
laissent point manquer de gibier : c'est pour
lui que s'élancent ces bandes de chasseurs,
ces meutes haletantes, ces coursiers et ces
veneurs : c'est pour lui que les cors
retentissent. Il compte parmi

ses pourvoyeurs les noms les **plus** illustres : il y a eu des rois,
et il y a encore des princes qui lui tuent du gibier.

Qui dira le nombre de gens qui chaque jour pour lui enfour-
nent et détournent : cuisiniers, rôtisseurs, pâtissiers, pane-
tiers, échansons, confiseurs, crémiers et glaciers ; ceux qui
sont aux casse-
roles, ceux qui
veillent aux cui-
sines, aux bro-
ches, aux offi-
ces, aux fours,
aux caves, aux
selliers, et ceux
qui président
aux fruits et
aux buffets ; qui
donc entrepren-
dra d'en faire

le dénombre-
ment ?

La cuisine de
Paris nécessite
l'emploi de plus
de 2,775,000
hectolitres de
charbon de bois
non compris
98,000 hecto-
litres de pous-
sier, indépen-
damment de la

houille qu'on emploie de plus en plus pour cet usage. Il est
aujourd'hui consommé plus de 2 millions d'hectolitres de ce
dernier combustible.

Dans tous les coins du monde, Paris a des gens attentifs à
ses goûts, à ses fantaisies, à ses désirs, à ses caprices : si ses
appétits languissent, on s'occupe de les ranimer, on pense à
en faire naître de nouveaux à la place de ceux qui s'en vont ;
l'imagination, l'art et l'industrie se réunissent dans ce concours d'émulation, pour gagner les bonnes grâces du maître.
Paris est ainsi devenu le seul endroit où s'exerce le pouvoir

magique de l'or dans toute sa plénitude: avec de l'or Paris ne
connaît rien d'impossible.

Ailleurs, on peut déployer plus de faste et plus de magnificence; mais, nulle part, les délicatesses exquises du goût et
de l'élégance ne peuvent être satisfaites aussi bien qu'à Paris:
le confort parisien n'a pas les raffinements de l'égoïsme; mais
il a l'intelligence d'une vie qui mêle aux contentements de la
sensualité les délices de l'esprit. Ce secret charmant que ses
penchants lui ont révélé, et que conserve la politesse naturelle
de ses mœurs, est, pour toutes les dispositions de son existence,
une source intarissable d'attraits, dont le privilége lui appar-
tient; on le lui envie, on le copie; mais on ne peut le lui ravir.

C'est sur sa table que Paris aime à réunir ces richesses qui
font son orgueil et son bonheur.

Tous les arts sont conviés à parer et à embellir les repas,
dans lesquels chacun, selon son pouvoir, s'efforce de plaire et
de charmer: depuis le couvert le plus splendide jusqu'au plus
modeste dîner, les hôtes s'évertuent à bien mériter de ceux
qu'ils reçoivent; ces fêtes sont de tous les logis; les plus pauvres y trouvent encore des instants de gaieté et d'oubli.

La sculpture, la ciselure ont modelé, brodé et ciselé la vaisselle; la verrerie a taillé les cristaux avec une surprenante
habileté: ses formes, ses dessins, ses incisions, ses gravures,
ses couleurs, ses reflets et ses transparences, les jeux de la
lumière, tout a été mis en œuvre pour rehausser l'éclat de la
table; la céramique, qui a pétri et façonné les vases, a su
les disposer pour tous les usages, les rendre agréables, commodes, faciles et légers pour tous les services; le linge a poussé

5

ses recherches jusqu'au merveilleux. L'étrangeté, la grâce la bizarrerie et la fraicheur des arrangements étonnent et séduisent le regard; dans les moindres détails, on retrouve les soins éclairés, les miracles de l'imagination, du travail et de la pa-

tience, les fleurs et la peinture viennent se joindre à ces ornements si coquets et d'une si ravissante variété. A force de goût, l'opulence se fait pardonner ses folles prodigalités, et le fortuné convive ne sait ce qu'il doit le plus admirer de la profusion de ce luxe ou de l'harmonie qui a présidé à l'accord de toutes ses parties.

A ces joyaux de nos tables, ajoutez les mets délicieux qui ont élevé si haut la réputation de nos repas, et vous rencontrerez tout ce que l'homme peut désirer de jouissances dignes de lui : l'esprit ne saurait faire défaut à tant de choses qui l'honorent, l'appellent et le glorifient. La France est le pays le plus succulent de l'Europe : il n'est pas de territoire plus fertile que le sien en aliments estimés ; chaque département, chaque ville a ses productions d'élite et ses morceaux renommés : l'adresse et le talent de nos cuisiniers excellent dans l'art de les préparer, et ces chefs-d'œuvre sont demandés à notre sol et à nos fourneaux par le monde entier. Paris a les prémices de ces offrandes : il est peu de villes qui n'aient en ce genre quelque merveille, quelque phénomène ou quelque chef-d'œuvre à lui présenter.

Les vins de France ont une gloire que l'éloge ne pourrait

qu'affaiblir; Paris est le centre vers lequel affluent tous les

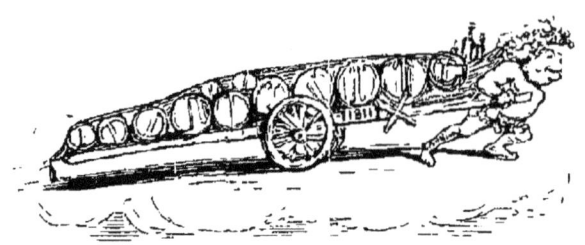

biens dont le ciel a doré nos coteaux. C'est à Bercy qu'il faut
voir son cellier.

Paris prélève la dime et la meilleure part de ce que la Providence croyait avoir distribué avec égalité. Le meilleur coup
de filet est pour Paris : à Paris sont réservés les miracles de la
culture : la Bresse et le Maine n'ont poussé si loin la perfection
de leurs poulardes et de leurs chapons que pour se faire bien
venir des marchés de Paris. A prix d'or, on ne pourrait obtenir,
sur le lieu natal, ce que l'on a destiné à la consommation de la
table parisienne ; ces denrées choisies deviennent inviolables et
sacrées, comme les belles esclaves réservées au harem du sultan.
Les ports de mer voient avec chagrin leur rivage dépouillé,
pour Paris, de ce qu'ils voudraient quelquefois garder pour
eux-mêmes ; rien ne peut retenir ce qui a été désigné pour le
maître jaloux dont la table ne souffre point de rivalités. Si un
jour, un seul jour, on lui dérobait les choses sur lesquelles il
a établi ses droits de suprématie, il retirerait ses largesses aux
ingrats qui auraient méconnu ses prérogatives. Paris est un
dissipateur que le trafic a trop d'intérêt à ménager, pour lui
causer la moindre peine.

Quels tableaux que ceux des dîners de Paris! Au sommet,
dans les zones radieuses et resplendissantes, les mœurs se reflètent et se mirent avec vanité et avec orgueil dans le luxe de
la table; en descendant nous trouverons des plaisirs brillants
encore, mais moins éblouissants; le regard plus tranquille
pourra les contempler avec complaisance; à chaque degré de
l'échelle, nous verrons le bien-être succéder au luxe avec intelligence, jusqu'à ce que, parvenus dans les régions moyennes,
nous y rencontrions ces franchises qui n'existent pas plus haut,
et cette aisance qu'on ne connaît point plus bas. Dans ce trajet, nous assisterons à ces repas graves et somptueux où prennent place l'ambition, la politique et l'ennui; la sottise et la
vanité des parvenus, la trivialité de certaine opulence, le ridicule bourgeois, la parcimonie, l'indigence cachée sous le luxe,
se montreront successivement à nous. La vie incertaine, active
et animée de la jeune population, les plaisirs d'une existence
libre, la gourmandise, la galanterie, les mystères du tête-à-
tête à table, nous fourniront aussi des peintures; pour compléter l'ensemble de ces tableaux, nous nous armerons de zèle et
de courage; il n'y aura pas d'asile impénétrable à nos efforts,
nous irons nous asseoir à toutes les tables, à côté des plus
puissants et des plus abaissés, avec le voluptueux et avec l'ar-
tisan et l'ouvrier. Nous serons de toutes les fêtes: le palais,
l'hôtel, les cercles, la taverne, salons de banquiers et salons de
restaurateurs, le cabaret et l'arrière-boutique, la mansarde,
l'atelier, le *tapis franc*, et quelquefois la pitance que mange
sous le pouce le *lazzarone* parisien, nous trouverons tour à
tour assidus à saisir la nature sur le fait, comme ceux qui,

pour étudier les animaux, choisissent le moment où ils dévorent leur proie.

II

HISTOIRE DU DINER JUSQU'A NOS JOURS.

Le diner en France ses heures, Charlemagne, Henri IV, Louis XIV, Louis XV, Louis XVI — La révolution — Le directoire, ses extravagances, M. de Talleyrand législateur de la table, le consulat — L'empire, calomnies sur Napoléon, conseils de l'empereur à sa famille. Cambacérès, erreurs, jugement de Carème, la diplomatie, la bourgeoisie critique et renaissance, les diverses espèces de diner, les restaurateurs. — La restauration, diners politiques vieux usages, le net du roi, Louis XVIII et Louis XIV, les épinards du roi, le premier gentilhomme, diners ministériels, diners de l'opposition, le clergé, la grande aumônerie, les deux turbots — En 1850, une scène de la révolution de juillet, les diners à *tant par tête*, deux variétés de diners, le diner royal, Neuilly, le duc d'Orléans, au service de table, à la cour, chez les ministres, le peler... — Les beaux diners, leur saison, leurs quartiers, leur monde, leurs mœurs, leur ordonnance, deux diners de Lady Morgan en France

En France, on a, de tout temps, appelé *diner* le principal repas de la journée. Peu curieux d'archéologie gastronomique, nous ne rechercherons pas quelles furent, dans le passé de l'histoire, les heures du diner. Ce qu'il nous importe le plus de connaître, ce sont ses mœurs actuelles, et nous ne demanderons aux souvenirs que ce qui est nécessaire pour éclairer le présent ; tout aussi bien, à table, l'érudition ne saurait être qu'importune, fâcheuse et de mauvais goût.

En 1667, à Paris, on dinait à midi ; cette heure est constatée par le vers de la troisième satire de Boileau :

J'y cours, midi sonnant, au sortir de la messe

Non-seulement nous trouvons, dans cette citation, l'heure précise du diner, mais elle nous apprend aussi que ce repas, chez les nations polies, a toujours été placé dans le voisinage

de la plus importante action de la journée. Dans les âges de
fer, dans les siècles de bataille, on dîne comme l'on peut, tantôt après, tantôt avant le combat. Charlemagne voulait qu'on
eût fait prouesse avant de prendre quelque nourriture; Henri IV,
au contraire, voulait qu'avant d'aller à l'ennemi, ses soldats
eussent la pièce de bœuf sur l'estomac. Lorsque le loisir devint
la grande affaire de la société française, le dîner, que les guer-
riers prenaient dans les premières heures du jour, se rappro-
cha du milieu de la journée : il se plaçait entre onze heures et
midi. Au dix-septième siècle, la dévotion, dont les devoirs et
les exigences marchaient de pair avec les magnificences et la
rigoureuse étiquette de la cour, régla l'heure du dîner, et la
plaça à l'issue de l'office divin, *au sortir de la messe*.

Plus tard, le dîner sembla contrarier la vie dissipée dont
toute la cour faisait publiquement profession ; l'heure du vieux
siècle parut incommode, on ne se couchait qu'au jour : il devenait par trop gênant de se mettre à table à midi; le dîner ne
fut donc longtemps qu'un préjugé; on le subissait, on ne l'ac-
ceptait pas. Sous Louis XIV, on dînait après la messe : sous
Louis XV, on soupa après le spectacle : le souper, chez la
noblesse et pour la classe opulente, fut donc créé en haine
du dîner.

Dans le règne suivant, les habitudes devinrent plus calmes ;
on dîna vers les deux heures : le souper, sans jeter autant d'é-
clat, fut maintenu. A la cour de Louis XVI, on observait un
cérémonial paisible et sans fracas, on vivait de régime, et on
mangeait à ses heures. Quelques élus, à la tête desquels se
montraient les Lauzun, les Richelieu, le comte d'Artois et l'in-

limite de la reine, conservaient seuls les franchises d'un autre
temps : mais, malgré ces éclatantes exceptions. la cour et la
ville se piquaient de régularité : on dînait généralement de
midi à trois heures.

Il serait fort difficile de dire à quelle heure dîna cette époque
qu'on appelle la révolution. Par cette tourmente. toute l'existence du pays fut entraînée vers les assemblées politiques et
sur la place publique : la vie de l'homme privé avait entièrement disparu. pour ne laisser voir que la vie du citoyen. On
mangeait fort à la hâte, et, si quelques excès traversèrent ces
temps agités par des passions si violentes et si terribles. ils ne
laissèrent aucune trace. On se souvient seulement que la plupart des hommes dont semblaient dépendre les destinées du
pays étaient sobres et se montraient peu soucieux des plaisirs
de la table. On voyait encore, il y a deux ans, dans la rue du
Dauphin. au coin de la rue de Rivoli, une humble gargotte
que l'on désignait comme le lieu où se réunissaient alors, à
l'heure du dîner, les plus fougueux tribuns : on a gardé souve-

nance de leurs paroles, on ne sait plus de quoi se composait
un repas auquel ils étaient eux-mêmes tout à fait indifférents.

Le directoire remit le dîner en honneur ; il porta même
l'opulence, le luxe, les richesses et les délicatesses à un point
qui rappelait et le faste et le goût des plus brillantes annales
de la table. Aux passions avaient succédé les vices ; la société
fut aussi énervée et aussi corrompue qu'elle s'était montrée
rude et austère : à l'excès de l'héroïsme on avait substitué par-

tout l'excès de l'égoïsme ; ceux qui s'en-
richissaient avec la plus scandaleuse ra-
pidité imitaient ou plutôt singeaient, par
l'orgueil et par la sottise de leurs largesses, ces financiers d'autrefois dont
les prodigalités avaient tant diverti la
noblesse qu'ils prétendaient humilier.
Il y eut aussi, dans la bourgeoisie, des
fortunes subites qui rappelaient celles
de la rue Quincampoix ; elles dépen-
saient follement, pour satisfaire leur
vanité, un argent si facilement gagné.

La politique ne conduisait les affaires de l'État qu'à force de
séductions, sur le choix desquelles on se montrait, de part et
d'autre, peu scrupuleux : le plaisir était le moyen le plus souvent mis en usage. Il y avait, dans tout ce monde, une fièvre
de désordre, une dissipation insensée et une ardeur de sensualité
qui n'engendraient que des joies bizarres ou furieuses, et dont
les extravagantes prodigalités ne firent rien pour l'élégance et
pour le goût. Parmi ceux qui brillèrent le plus dans ce temps

où la démence et le dévergondage tinrent tant de place dans
les affaires et dans les distractions, il y en eut bien peu qui
surent échapper à ces ridicules emportements. Ce délire du
directoire était une crise nécessaire entre la rigidité républi-
caine et la civilisation de l'empire, dont le consulat fit luire les
premières clartés.

Il est un nom inévitable et que rencontre toujours sur ses
pas la chronique des trente premières années de ce siècle : c'est
le nom de M. de
Talleyrand. Il n'est
pas un seul des mé-
rites dont le monde
soit envieux, qu'on
ne lui ait attribué :
on a fait de lui le
premier des hom-
mes politiques et le
dernier des grands
seigneurs ; on lui a
donné tout l'esprit
de France : ses di-

gnités et sa fortune
l'ont toujours placé
près du trône, qu'il
domina souvent par
son habileté : il eut
les bonnes grâces
des souverains, les
faveurs des fem-
mes, l'adulation des
ambitieux, la haine
des honnêtes gens
et le sarcasme de
la foule. Comme si

tout cela ne suffisait pas pour rendre un homme fameux, la gastronomie s'est emparée de lui, et, sans pitié, elle l'a placé dans
le panthéon de la cuisine. Nous n'entendons pas protester
contre cette partie de sa renommée ; les faits ont pris soin de
corriger souvent ce qu'il y a eu de gauche et de malavisé dans
les éloges donnés à la gourmandise de M. de Talleyrand. Chez
lui, la haute hospitalité et la bonne chère ne furent que des

2

moyens dont il se servit pour ses desseins et nullement pour ses penchants.

La première et la plus précieuse des qualités de M. de Talleyrand, ce fut le tact ; il l'avait droit, prompt, exquis, sûr, presque infaillible ; son esprit était doué de tout ce qui manquait à son cœur. Il venait de l'ancien régime ; il avait traversé la révolution sur la pointe du pied, le mauvais goût du directoire l'épouvanta ; mais il se mêla à la volupté du Luxembourg sans rien blâmer, dissimulant ses dégoûts, occupé de ramener ces énormités à des proportions justes et convenables. M. de Talleyrand fit de son hôtel le modèle d'un goût, d'un luxe et d'une politesse dont les exemples paraissent

perdus. On a attribué à son maître d'hôtel les mérites de ses réceptions. Ce domestique, qui avait débuté chez la princesse de Lamballe, sortait, il est vrai, de la maison de Condé ; mais les dîners de l'hôtel des Relations extérieures n'étaient pas la seule chose qui attirât chez le ministre l'élite de la société ; il y avait dans la tenue, le maintien et l'habitude de ce logis un charme d'irrésistible attraction. Chez M. de Talleyrand, on faisait de la diplomatie partout, au salon et à l'office : son *chef* était chargé du soin de

choisir tous les cuisiniers des grandes maisons à l'étranger,
c'était se ménager des intelligences dans le cœur de la place.
Le dîner, nous en conviendrons volontiers, était cependant,
pour M. de Talleyrand, une affaire sérieuse : tous les matins,

il en réglait le menu lui-même
avec son cuisinier. Sa table était
ordinairement de dix à douze con-
verts ; son service se composait
de deux potages, deux relevés,
dont un de poisson, de quatre entrées, de deux rôts, quatre entremets et le dessert. Nous en-
trons dans ces détails, parce que
cette composition devint la règle

courante de toutes les grandes tables du consulat. Les gros
fournisseurs, les financiers d'alors, persistèrent dans leur
lourde exagération ; quelques fêtes du Raincy, chez M. Ouvrard,
méritèrent pourtant d'être remarquées, et surent se faire ab-
soudre.

A la table de M. de Talleyrand s'est assis non-seulement
tout ce que la France a eu d'illustre, mais tout ce qui a fait
quelque bruit en Europe et dans le monde politique : un des
principaux attraits de ces repas, surtout dans l'intimité de quelques convives, c'était la conversation ; l'art avec lequel ces
entretiens se préservaient de tout entraînement et de toute
franchise, était admirable ; c'était une escrime dans laquelle
les pointes se croisaient avec une surprenante adresse.

L'empire trouva des préceptes, des règles, des conseils et

des exemples tout faits ; il rendit au dîner l'ordre et une beauté régulière et correcte qui n'enlevait rien à son indépendance et à ses plaisirs, et donnait à ses jouissances un caractère qui satisfait, à la fois, le goût et la raison. La table des Tuileries n'eut jamais de signification : Napoléon affectait de n'accorder aucune attention à des détails qui étaient au-des-

sous de lui : il mangeait vite, et choisissait les aliments les plus simples. En dépit de toutes les peines qu'ont prises les recherches gastronomiques pour l'affubler de certaines manies, malgré les calomnies qui ont essayé de montrer l'empereur comme aussi intempérant en particulier qu'il était sobre en public, il n'est resté de tous ces récits que des habitudes remplies de modestie, de réserve et de retenue.

Napoléon, pour les princes et les princesses de sa famille et aussi pour les grands dignitaires de l'empire, voulait que l'on employât, aux dépenses de la table, le cinquième du revenu annuel. Il disait gaiement aux nobles étrangers qui visitaient sa cour : « Voulez-vous dîner comme un soldat, dînez chez moi ; si vous voulez dîner comme un roi, dînez chez le prince archichancelier ; si vous voulez dîner comme un gueux, dînez chez le prince architrésorier. »

Ce fut une opinion reçue sous l'empire et qui s'est propagée au delà de 1815, que celle du luxe et de la succulence de la table de Cambacérès ; rien ne fut cependant moins vrai que ce bruit si favorable à la cuisine du prince, et que Napoléon lui-même parut adopter. C'est une inconcevable erreur ; Cambacérès, il est vrai, avait à la tête de ses cuisines un homme habile : il s'occupait lui-même beaucoup de tout ce qui concernait sa table ; mais ce n'était que pour apporter de l'économie dans ses dépenses ; il tenait note des *entrées* qui étaient demeurées intactes, et il les faisait garder pour le lendemain. Des départements, on envoyait à l'archichancelier des présents de comestibles et de volailles : il enfermait ses provisions dans un garde-manger, dont il avait la clef ; il ne les donnait au service qu'avec lenteur et avec parcimonie, presque toujours elles étaient gâtées et ne paraissaient sur sa table que flétries et déflorées. Il faut lire les pages indignées que Carême a écrites sur ce sujet : il affirme que le prince préférait à tous les mets le pâté chaud aux boulettes : plat lourd, fade et bête. Puis, après avoir énuméré quelques traits de ladrerie, il s'écrie : « Quelle parcimonie ! quelle pitié ! quelle maison ! » Carême est implacable pour certains hommes ; M. de Talleyrand et M. de Rothschild ont toutes ses préférences. Selon lui, Cambacérès et Brillat-Savarin n'ont jamais su manger ; en parlant de ce dernier, il va même jusqu'à dire : « À la fin du repas, sa digestion l'absorbait ; je l'ai vu dormir ! »

Et il ajoute : « Les mangeurs de mon temps ont été le prince de Talleyrand, Murat, Junot, Fontanes, l'empereur Alexandre, Castelreagh, Georges IV et le marquis de Cussy. » On citait aussi avec éloges la cuisine de la reine Hortense, de la princesse Pauline Borghèse, de Murat, du duc de Massa et

de Berthier. Le roi de Naples transporta dans ses États tout ce
que l'art français avait de plus raffiné. Carême ne cesse de
recommander les leçons de cette époque. Il répète avec con-
viction : « Adoptez, dans le service, le genre de l'empire qui
était mâle et élégant. » Parmi les dîners de célibataires, on
distinguait ceux de Camérani et de Corvisart.

Sous l'empire, le corps diplomatique, les ambassades de
Russie et d'Autriche surtout, avait des tables renommées : à
la Malmaison, l'impératrice Joséphine faisait un ordinaire simple, mais dont rien n'égalait la délicatesse.

De ces hauteurs, le goût de la bonne chère et les embellis-
sements du service gagnèrent de proche en proche toutes les
classes de la société. Les hauts fonctionnaires se mirent à la
tête de cette impulsion que la bourgeoisie suivit avec intelligence, et l'on vit revivre les beaux jours du dîner. Dans les
régions élevées et dans les régions administratives, l'heure du
dîner flottait entre cinq et six heures, partout ailleurs on se
mettait à table entre quatre et cinq heures ; dans les mœurs
tout à fait bourgeoises, quatre heures étaient le moment fixé
pour le dîner.

Il faut rendre à l'empire une justice méritée : cette époque
fit pénétrer dans les habitudes les lumières d'une civilisation
nouvelle : on a pu blâmer sa vaisselle etrusque et égyptienne,
la forme antique de tous les ornements, les vases grecs : nous
ne pensons pas que ces prédilections soient plus singulières
que celles qui nous ont si brusquement ramenés vers le goût
gothique, et qui nous imposent aujourd'hui les caprices de la
renaissance et la *rocaille* du dix-huitième siècle. Cherchons

avec sincérité et avec persévérance l'art de notre époque : mais
tant que nous serons réduits et condamnés à la servilité des co-
pies, ne dédaignons pas les modèles de l'antiquité, ils sont plus
féconds que tous les autres en belles et nobles inspirations.

Sous l'empire, on reprit quelque chose des vieilles franchises du temps passé : on chantait à table au dessert, quel-

quefois des chansons à boire, le plus souvent les romances à
la mode ; il y avait aussi des couplets de fête et de mariage. Ce
fut alors que se formèrent de toutes parts les dîners chantants,
les dîners de garçons, les dîners d'amis, les dîners de corporations, les dîners de toutes les espèces, et qui, plus tard, appel-
leront notre attention.

Il faut placer vers le même temps l'élan prodigieux et subit
que prit l'industrie des restaurateurs.

Nous montrerons maintenant comment cette renaissance de
la table fut acceptée et développée sous la restauration, et quel
progrès cette époque a elle-même transmis au temps actuel.

Quoi qu'on en ait dit, la restauration trouva, à sa rentrée en
France, une société bien élevée et à laquelle quinze années de
splendeur et de victoire avaient donné un maintien dont toutes
les cours de l'Europe avaient admiré la fierté. Peut-être quel-

ques-uns de ceux qui revenaient avec l'espérance de revoir
toutes choses à la place où ils les avaient laissées, furent-ils dés-
agréablement surpris par les manières nouvelles, et injuste-
ment prévenus contre le nouveau régime ; mais il fallut bien
reconnaître que la France était toujours le pays de la politesse
et de l'élégance. On vit fleurir, dès les premières années, les
dîners politiques ; ils devenaient nécessaires pour opérer les
rapprochements et les conciliations ; c'était à table que s'ébau-
chaient, se conduisaient et se terminaient toutes les transac-
tions. Ces dîners, qui prirent d'abord possession des hôtels
ministériels, se servirent non-seulement de la cuisine et de l'office des ministres de l'empire, mais aussi de leurs ustensiles et
de leur vaisselle. Plus tard, le système constitutionnel devait
donner aux dîners politiques des développements considérables,
et Casimir Delavigne put faire dire avec vérité à un des personnages de l'*École des vieillards* :

> Tout s'arrange en dînant, dans le siècle où sommes,
> Et c'est par des dîners qu'on gouverne les hommes.

Aux Tuileries, on avait suivi les mêmes errements. De ze-
les courtisans avaient, toutefois, remis en honneur quelques
parties de l'ancienne étiquette ; il y avait entre autres choses
curieuses une grande pièce d'argenterie représentant une façon
de chapelle, et qui servait à mettre les serviettes du roi ; M. le
grand maître des cérémonies prétendait que l'on devait saluer
en passant devant ce meuble. Les gardes du corps armés allaient chercher aux cuisines et accompagnaient les plats de service ; la famille royale dînait seule, et, même dans les galas de

la galerie de Diane, elle avait son couvert séparé des autres tables : le roi ne faisait a des convives invités que les honneurs du déjeuner. Louis XVIII a laissé une réputation de mangeur

qui, du reste, paraît être héréditaire chez les Bourbons de la branche aînée. La princesse Palatine dit dans ses mémoires : « J'ai vu souvent le roi manger quatre assiettées de soupes diverses, un faisan entier, une perdrix, une grande assiettée de salade, du mouton au jus et à l'ail, deux bonnes tranches de jambon, une assiettée de pâtisserie, et puis encore des fruits et des confitures. » Longtemps, Louis XVIII fit tenir ouvertes les portes de la salle à manger, pendant le dîner de la famille royale : mais vers la fin de son règne, il mangea toujours les portes fermées, et voici quel fut le motif de ce changement. M. Portal, premier médecin du roi, avait défendu qu'on lui servit des épinards qu'il aimait

beaucoup. Au dîner, le roi demanda son plat d'épinards : le duc d'Aumont, premier gentilhomme de la chambre, s'approcha pour lui dire qu'il n'y avait plus d'épinards : le roi voulut absolument qu'on en trouvât, ajoutant que, s'il n'y en avait pas au château, on allât en chercher chez le traileur. Sa colère était extrême ; il s'écriait avec fureur, et en jurant royalement : « Comment, je suis roi de France, et je ne pourrai pas manger des épinards ? » A ces mots, on entendit, dans la pièce voisine, celle où se tenaient les gardes du corps, un grand éclat de rire. Le roi fit fermer les portes, et ordonna que tout le poste fût mis aux arrêts. Depuis ce temps, on dînait aux Tuileries à huis clos : mais l'histoire ne dit pas si le roi de France mangea des épinards.

Sous la restauration, dans les premières années surtout il n'y eut que deux espèces de dîners politiques : ceux du château, dont le premier gentilhomme de la chambre faisait les honneurs, et ceux des ministres. Quelques réceptions chez les présidents des chambres et les dîners des chefs militaires et administratifs complétaient cette série. A cette époque, les dîners diplomatiques mettaient beaucoup d'affectation à se séparer de ce que l'on appelait la cohue. Au faubourg Saint-Germain, presque partout, on faisait mauvaise chère : il y avait beaucoup de laquais derrière les chaises, et peu de mets sur la table. Les dîners des banquiers ne vinrent que plus tard :

M. Laffitte était l'hôte de l'opposition ; M. Thiers était le géant de la table de M. Laffitte ; chez M. de Talleyrand, à l'hôtel de la rue Saint-Florentin, c'était un terrain neutre, sur lequel on essayait tout le monde. Un député du centre était chargé de traiter ses collègues, afin de soulager quelque peu les tables des ministres. La table de M. Piet.

une Thérèse, devint une des dépendances de la chambre élec-
tive. En ce temps-là, un député docile avait, pour régler l'ordre de ses invitations, un semai-
nier, sur lequel les sept jours de
chaque semaine finissaient par
être immobilisés et affectés pério-
diquement aux mêmes couverts.

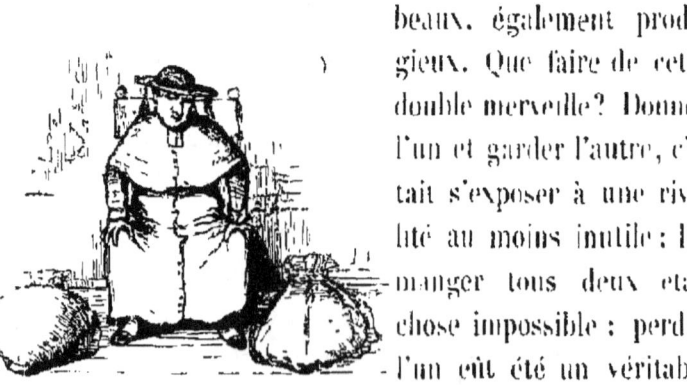

Le clergé, que le gouvernement
impérial avait habitué à voir le
monde avec une tolérance toute
philosophique, avait aussi ses dî-
ners; il mettait même beaucoup de coquetterie à choisir les
jours maigres, pour fournir à ses cuisiniers l'occasion de se distinguer. Les dîners de la grande aumônerie de France, aux
Tuileries, eurent en ce genre une haute renommée. C'est à un de
ces repas, qu'en présence d'un turbot monstre, on raconta cette
anecdote : Le cardinal Fesch avait reçu deux turbots également
beaux, également prodi-
gieux. Que faire de cette
double merveille? Donner
l'un et garder l'autre, c'é-
tait s'exposer à une riva-
lité au moins inutile; les
manger tous deux était
chose impossible; perdre
l'un eût été un véritable
dommage. Pendant que chacun cherchait un expédient, le
maître d'hôtel s'écria qu'il avait trouvé le moyen de faire

valoir, sans en être embarrassé, l'un et l'autre turbot. Le
cardinal et les personnes qu'il avait invitées se mirent à table :
lorsqu'on eut servi les potages, on vit entrer, porté en grande
pompe, sur un plat immense, un turbot dont les proportions
arrachèrent à l'assistance un cri d'étonnement. Au plus fort
de cette admiration, le plat chancela, l'on entendit avec effroi
le bruit de sa chute, et l'on put contempler le turbot honteu-
sement brisé en tronçons qui jonchaient le sol : à cet aspect
lamentable, il y eut un cri de douleurs. Le maître d'hôtel
promit qu'à l'instant même il allait réparer ce malheur : à un
signal donné, on vit, par une autre porte, paraître, dans le
même appareil, un autre turbot en tout semblable au premier.
Celui-là fut servi, et les convives, en mangeant sa chair
blanche et doucement résistante, s'étonnaient qu'on eût pu

trouver dans la mer deux poissons si
également magnifiques et si également
délicieux.

L'empire avait réhabilité le maigre ;
chez Murat on faisait un maigre splendide, durant le carême surtout. Les
cuisiniers célèbres de ce temps se van-
tent avec emphase d'avoir rendu à l'E-
glise le *beau maigre*.

En 1830, on dîna le lendemain de
la révolution. Pendant trois jours Paris
vécut dans la rue, au bivac et à l'aventure : comme les janissaires en révolte,
les Parisiens avaient renversé leur marmite. Cependant, sur la

place de la Bourse qui fut le quartier général des deux premières journées, au foyer du théâtre des Nouveautés, aujour-
d'hui occupé par le théâtre du Vaudeville, le directeur tenant
table. Tout ce que la saison avait de plus attrayant, fruits,
poissons frais et vins glacés, y était offert à ceux qui allaient
à la besogne ou qui en revenaient. Ce fut une des scènes les
plus éminemment parisiennes de la révolution de juillet : cette
vie délicate et insouciante, au milieu d'actes si formidables,
présentait un contraste frappant.

Après la victoire, les premiers moments d'effusion amenèrent
des épanchements nombreux ; on dîna beaucoup et souvent,
mais on ne dîna jamais bien : le trouble était général, et chacun, avant de remettre la table sur ses pieds, voulait attendre des
temps plus calmes.

Il y avait alors des allures bourgeoises ou citoyennes pleines
d'humilité. Ceux que leur position obligeait à recevoir prenaient au mot cette candeur primitive, et tous les dîners,
même les plus élevés, se ressentirent de cette modestie. On
vit même alors s'installer le *tant par tête* dans des salles à
manger qu'il ne devait jamais souiller de sa présence. Les
dîners officiels se multipliaient donc au grand détriment du
goût et de l'élégance. Les autres dîners étaient rares : toute la
société était dispersée : Paris ne dînait plus en ville.

L'ordre se rétablit d'abord ; il y eut ensuite une recrudes-
cence de l'art ; les beaux dîners devinrent fréquents ; le progrès brilla d'un éclat tout à fait particulier à notre époque, et
sur lequel le regard de l'observateur se pose avec complaisance.

8

Nos bons aïeux faisaient rondement quatre repas, et conti-
nuaient dans la vie les coutumes
de l'enfance : il en était du
moins ainsi dans la plupart des
provinces. Quelques pays ont
encore conservé le déjeuner, le
dîner, le goûter et le souper.
Dernièrement, on a cité avec
beaucoup de louanges un jeune
prince de Danemark, qui pouvait, dans un même jour, dou-
bler et même tripler ces quatre
repas ; c'est un auguste esto-

mac qui donne les plus belles espérances. Paris n'a conservé
que deux repas : le déjeuner et le dîner.

Pour toute la population parisienne, le dîner est l'affaire la
plus intéressante de la journée : c'est par lui que nous devons
commencer ce voyage autour de la table.

Quelque nombreuses que paraissent les variétés du dîner
parisien, nous pensons qu'elles peuvent être, relativement aux
individus, ramenées à deux divisions principales : les gens qui
dînent, et ceux qui ne dînent pas.

Parlons d'abord de ce qu'on est convenu d'appeler les beaux
dîners, nous arriverons ensuite aux bons dîners ; puis nous
parcourrons les cercles inférieurs jusqu'aux régions doulou-
reuses.

Aujourd'hui, le dîner royal n'a plus de mystères pour le
plus grand nombre : les relations avec la royauté ont été si

fréquentes, que les palais sont comme des maisons de verre. Il
y avait autrefois un luxe qui, par sa nature ample, superbe et
majestueuse, appartenait au faste souverain. Les conditions de
cette magnificence étaient telles, que la richesse dispensait du
goût et de la grâce : trop souvent la pesanteur envahissait
tout, et ne laissait plus de place à l'art et à la beauté. Les tables
royales fléchissaient sous le poids des ornements.

Il n'en est plus ainsi; sans rejeter une splendeur qui leur
est propre, elles recherchent et adoptent tout ce que l'art et le
travail produisent d'ingénieux et de parfait. Le prix de la matière n'est plus la principale valeur d'un objet, il est tel modèle
de bronze plus précieux que l'or et l'argent mal employés.
L'orfèvrerie, les porcelaines, les cristaux, tout ce qui concourt
à l'éclat d'un repas, obéit à ce mouvement de l'intelligence.
Les appartements de représentation, ceux dans lesquels on
règne, n'ont pu se soustraire à certaines nécessités d'apparat :
mais partout où le goût a pu pénétrer, il a été le bienvenu. La
table royale, aux jours solennels, présente donc un aspect resplendissant : les surtouts, les fleurs, les cristaux, les vases,
les candélabres, la clarté des bougies, les prodiges des cise-
lures, composent un spectacle éblouissant. Tout est d'accord
avec cette beauté dont aucun détail ne dérange l'harmonie :
mais, dans cette ordonnance, on sent une certaine gravité qui
laisse peu d'accès aux caprices, aux fantaisies et aux charmants
écarts de la fantaisie. Ces agréments que la grandeur effraye,
on les retrouve dans les réceptions ordinaires et moins impo-
santes que celles des jours solennels.

Pour les mets, c'est toujours à peu près la même chose: il

est un menu royal qui ne varie pas ; il marche régulièrement de saison en saison, flanqué de  ses officiers. Pour le personnel du service, on s'est sagement débarrassé d'une foule importune. Cependant, nous avouerons que la variété des costumes aux couleurs éclatantes et aux broderies d'or et d'argent, qui entouraient la table royale sous la restauration, était d'un effet admirable et qu'on ne peut s'empêcher de regretter. Ce que l'on appelait alors le grand couvert était quelque chose de magique, comme la féerie d'Orient. En un mot, on conçoit maintenant que l'opulence d'un particulier puisse atteindre la splendeur de la demeure royale ; la ligne qui séparait le luxe des rois des efforts de toutes les fortunes n'existe plus. Nous ne parlons que de ce qui se passe à Paris ; nous savons qu'il existe à la cour d'Angleterre des richesses que rien ne peut égaler, dépouilles opimes du pays de l'or et des pierreries.

Quelquefois, la vue de l'opulence royale cause d'abord de la fatigue et conduit à la tristesse ; nous ne connaissons qu'un seul endroit où l'on échappe complètement à cette impression, c'est Neuilly. Il est vrai que Neuilly est moins la résidence d'une cour que la villa d'une famille. A Neuilly, le goût est investi d'un pouvoir absolu ; il est à la fois intendant des bâtiments et des jardins ; il préside aux dispositions intérieures ; il est maître d'hôtel et maître des cérémonies.

On est toujours fort curieux des détails de la vie des grands : cette curiosité a été bien souvent déçue par la vulgarité de ce qu'elle a obtenu : le bon sens et les convenances, lorsqu'on n'a point à signaler de particularités remarquables, veulent qu'on s'abstienne.

La vie du château est austère ; mais, chef d'une jeune cour, le prince royal, si cruellement ravi à nos espérances, avait compris avec élévation l'alliance intime que le luxe doit contracter avec le progrès du travail. Il gardait ses meilleurs empressements et les encouragements de ses libéralités pour l'art et pour l'industrie. Que la matière fût humble ou précieuse, il voulait que le travail fût toujours recommandable. On a beaucoup parlé d'un service de table qui ne fut qu'un projet inachevé et dont le prince voulait diriger l'exécution.

Ce service devait s'étendre sur une table d'environ treize mètres de longueur sur une largeur d'à peu près deux mètres, et dressée pour cinquante couverts. L'or, l'argent et les pierres fines étaient destinés à la composition du *surtout*, le rubis et le diamant étaient exclus. Toutes les parties du service, depuis la fourchette jusqu'à la tasse à café, devaient être mises en harmonie avec les pièces de ce surtout. On a parlé de ce dessein comme d'une idée dont l'exécution surpasserait tout ce que l'art antique et celui des grands siècles ont créé. La princesse Marie et le duc de Nemours ont composé des groupes; des artistes célèbres, ceux dont le prince aimait à s'entourer, y ont travaillé, mais le secret de l'ensemble n'a été connu que par quelques personnes dévouées.

On estimait les frais de cet ouvrage à trois millions, et l'on

9

se faisait une gloire d'éclipser le fameux *surtout* de M. Pozzo di Borgo. qui n'a coûté que 100,000 francs, dont on admirait toutefois le goût. et que la diplomatie a longtemps montré avec orgueil. Ce splendide service du duc d'Orléans a été poussé presque aux trois quarts par les soins de Chenavard et de Barye.

Il est une opinion assez généralement admise. c'est qu'à la cour on dîne mal. ou plutôt on ne dîne pas du tout. Nous pou-

vons affirmer qu'il y a maintes personnes qui font fête au dîner royal. lorsqu'elles y sont conviées. en gens de bon appétit. et qui se retirent tout satisfaites de ce qu'il y a de substantiel dans ces hon-neurs. Toutefois les cuisines souveraines. à peu d'excep-tions près. et si ce n'est dans les petits appartements. n'ont jamais eu ni mérité une illustre réputation.

Les premiers dîners récemment donnés par M. le duc de Nemours ont fait preuve de luxe et de goût.

Chez les ministres on fait généralement mauvaise chère : mais elle est presque toujours large et abondante, et a de quoi plaire aux appétits gourmands : les tables ministérielles de tous les régimes se ressemblent : elles ont les allures des restaurants : cependant. nous avons entendu quelques gourmets diploma tiques faire l'éloge des dîners du ministère des affaires étran-gères. Généralement. dans les hôtels officiels. tout est vieux, éraillé. usé et fripé : tout sent l'hôtel garni : on dirait que tout

est loué, on s'aperçoit que personne n'est chez soi, pas même
le maître de la maison. Ce caractère se retrouve, de haut en
bas, dans presque toutes les habitations du gouvernement.
Voici ce que raconte Adisson, dans *le Spectateur* :

« Un pèlerin mahométan, qui voyageait en Tartarie, ne fut
pas plutôt arrivé à la ville de Balk, qu'il alla se camper dans
le palais royal qu'il prenait pour un caravansérail. Il y entre,
et, après avoir regardé de tous côtés, il va se placer sous une
belle galerie, met bas son petit sac et son petit tapis qu'il étend,
et s'assied dessus. Des gardes, l'ayant aperçu, lui crièrent de
se lever, lui demandant en colère ce qu'il prétendait faire là ? Il
répondit qu'il voulait passer la nuit dans ce caravansérail.
Les gardes se mirent à crier plus fort qu'il s'en allât, que ce
n'était pas un caravansérail, mais le palais du roi. Le prince,
qui se nommait Ibrahim, étant venu à passer là-dessus, rit de
la méprise du derviche, et l'ayant fait appeler, lui demanda
comment il avait si peu de discernement de ne pas distinguer
un palais d'un caravansérail?

« — Sire, dit le pèlerin, que Votre Majesté me permette de
lui demander une chose : Qui a logé d'abord dans cet édifice,
après qu'il a été bâti?

« — Ce sont mes ancêtres, répliqua le roi.

« — Et après eux, sire, reprit le bonhomme, qui y a logé?

« — C'est mon père, repartit le roi.

« — Et après lui, dit le voyageur, qui en a été maître?

« — Moi, répondit le prince.

« — Et de grâce, sire, continua le pèlerin, qui en sera le
maître après vous?

« — Ce sera mon fils, dit le monarque.

« — Ah ! sire, ajouta le vieillard, un édifice qui change si souvent d'habitants est une hôtellerie et non pas un palais. »

Que de gens, avec moins de simplicité de cœur, ne fréquentent la demeure des grands que comme une auberge dont ils sont toujours prêts à flatter le maître !

L'hiver est, à Paris, la saison des beaux diners : ordinairement le signal de ces fêtes ne vient pas du monde politique ; c'est la banque qui le donne : il part de la Chaussée-d'Antin et de ses dépendances. De là, il court éveiller le faubourg Saint-Honoré qui dort sous ses hauts lambris : il gagne la ville proprement dite, la ville laborieuse et aussi la ville des loisirs aisés : il s'arrête au faubourg Saint-Germain, dont les hôtels vides attendent encore les nobles familles que retient la campagne. Les diners politiques et législatifs précèdent de quelques jours l'ouverture de la session des chambres : en ce moment Paris est le centre de ce que la société française a de plus actif et de plus remuant. Les artistes, toute la nation qui fait métier d'intelligence, d'esprit et d'imagination, reviennent en même temps que l'aristocratie, lorsque l'hiver a déjà pris ses quartiers, et, dans les derniers jours de janvier seulement, la société se trouve au complet, avec tous ses éléments de distraction, de luxe et de plaisir.

Il faut bien le dire, la société française est maintenant loin de l'urbanité spirituelle, de la délicatesse polie et de toutes les qualités aimables qui avaient porté si haut et si loin sa réputation : nos diners étaient causeurs, ils sont devenus parleurs ; ils habillaient, actuellement ils bavardent ; ils discutaient, ils dis-

putent. La conversation fait la roue et s'étale ; il n'y a plus de
franchise et de naïveté dans le propos, il est empesé, vain
et plus mauvais que méchant. Autrefois, une histoire bien ra-
contée faisait patiemment attendre le rôt, maintenant l'entretien est hargneux et impoli, il crie, et, au lieu de charmer, il
fatigue : on se réfugie dans son verre et sur son assiette pour
échapper à ce bruit.

Voici comment les maîtres en l'art de manger ont réglé,
d'après l'expérience, les principaux points du dîner.

« Le linge doit être très-blanc, il est le fond du décor : il
est aujourd'hui orné de dessins gracieux, et couvre la table
jusqu'aux deux tiers de ses pieds. Le beau linge est très-doux
à la main. Le damassé de Saxe, que l'art français commence
à détrôner, est toujours le linge le plus recherché. Il est de
bon goût, comme en Allemagne, que les dessins des serviettes
répètent celui de la nappe ou en forment le complément ; nous
avons vu à Dresde une nappe représentant une vue de Cologne,
et chaque serviette reproduisant un des monuments de cette
ville. Sous la nappe, et pour adoucir le contact, on place un
léger tapis de laine : en Allemagne, on met dessous la nappe
une peau de daim. Nous ne saurions approuver les nappes de
laine ou de soie, en damas ou en brocatelle : le linge blanc
rehausse tout le service, l'éclaire et met en saillie la parure
de la table ; il est frais et appétissant à la vue ; les autres couleurs ne peuvent pas, comme le blanc, servir de fond à toutes
les nuances et à tous les reflets. »

On s'est beaucoup étendu sur les conditions d'une salle à
manger modèle ; nous pensons que l'on a poussé trop loin la

minutie des exigences, sans nous préoccuper de ses dimensions
et de son exposition ; nous lui demanderons d'être haute, spa-
cieuse et bien éclairée ; fraîche en été, bien chauffée en hiver.
Nous voudrions que sa température fût de celles qui apportent
des impressions d'un bien-être insensible ; point de poêles, des
calorifères ; point de ventilateurs, l'air d'un jardin.

Une salle à manger qui tient à obtenir quelque considération est construite en stuc ou en marbre ; l'un doit affecter la
couleur jaune pâle du marbre de Sienne ; l'autre, celle d'un
blanc doux et laiteux ; il faut que les teintes des parois ne
crient pas. Les pieds des convives doivent, en hiver, poser
doucement sur un tapis moelleux ; en été, une natte chinoise
sera appliquée sur le pavé de marbre, que nous préférons à
tous les autres, même à la mosaïque ; autour de la table, en
tout temps, régnera une bande de tapis qu'un prolongement
conduira jusqu'à la porte d'entrée. Cette précaution a un
double but, elle doit amortir le bruit des pas des gens de service, elle doit empêcher les convives de prendre, au moment
du repas, le moindre froid aux pieds. Nous avons vu d'autres
combinaisons de salles à manger qui affectaient le style moyen
âge ; nos demeures sont trop étroites pour supporter l'appareil gothique ; chez M. le marquis de Custine, les dressoirs de Charles le Téméraire sont mal à l'aise. Nous pensons
qu'en s'éloignant d'une belle et régulière ordonnance, la fantaisie court risque de tomber dans le salon de restaurant ou le
réfectoire.

S'il faut en croire un docteur anglais dont nous venons de
lire l'ouvrage essentiellement pratique, les maux qui suivent

un grand dîner ne proviennent pas de ce que les convives ont pris plus de nourriture que ne leur en demande leur constitution, mais plutôt de la viciation de l'air qui s'opère au bout de quelque temps dans la salle du festin. Une nombreuse société de philosophes, réunie à Édimbourg, fut capable de consom-

mer, sans s'en apercevoir, plus du double de vin et d'aliments qu'ils n'en absorbaient d'ordinaire, et il n'en résulta aucune suite fâcheuse, parce que le banquet avait lieu dans une salle bien ventilée. Suivant le même auteur, dans les manufactures où a été établie une ventilation suffisante, les ouvriers ont demandé un salaire plus élevé, en raison de l'augmentation de leur appétit.

La table sera d'acajou ou de palissandre, avec des rallonges de chêne, qui s'appliquent et s'unissent entre elles mieux que celles de tout autre bois. De hautes crédences et d'amples dressoirs doivent être placés contre les murailles, et cha-

gés d'une riche vaisselle qui complète l'opulence du service. Une chose qu'il faut surveiller attentivement, c'est
l'absence de tout embarras et de tout encombrement. En
calculant le nombre des convives, on devra penser aussi à ce
que la table doit recevoir sur sa surface le surtout, les candélabres, les mets, les hors-d'œuvre, les accessoires et les vases.
Nous blâmons sans réserve une mode nouvelle, celle de servir
le vin dans des carafes de cristal. Quel que soit le charme de
ces objets, ils enlèvent quelque chose à cette vénérable vieillesse des bouteilles et à cette poudre de vétusté qui est l'hon-
neur du festin. Les  toute saison, deux
valets versant à choses importan-
boire sont de haute tes, une vaisselle
lisse; ils nous dé- brûlante et de l'eau
plaisent parfaite- glacée, dont les ca-
ment. Nous re- rafes doivent être
commandons, en mises à la portée
de tous les convives; il est un usage peu connu, c'est celui
de placer, à droite de chaque convive, un peu en avant, une
double salière, fine, petite, légère, et tenant le moins de
place possible; ceux qui ont éprouvé l'ennui de demander et
de donner à leurs voisins le poivre et le sel, sauront gré de
cette attention. Quant aux appareils des assaisonnements anglais, nous souhaitons qu'ils restent en permanence sur la
table.

Il faut être prodigue de clarté; qu'un lustre tombe du pla-
fond, que des candélabres en appliques jaillissent des parois
que de haut flambeaux à branches multiples illuminent et

lassent rayonner le service; des bougies partout, et de l'huile nulle part. Les bougies sont le soleil de la table.

La fabrique de Paris est à la tête de l'industrie qui décore la table; c'est de Paris que sont expédiés les services qui ornent les tables des cours de Saint-Pétersbourg, de Vienne, de Berlin, de Munich et de Madrid.

Toutes les merveilles du service doivent être placées avec la plus exacte symétrie et une régularité parfaite. Devant chaque convive sont posés quatre verres : le cristal appelé mousseline est ce qu'il y a en ce genre de plus précieux et de plus joli, surtout lorsque, sur cette enveloppe diaphane et si frêle, on peut faire serpenter un feuillage de pampre. Ces verres sont destinés au vin de Madère, au vin ordinaire, au vin de Champagne dont les seaux glacés sont placés aux extrémités et au milieu de la table, et au vin de Bordeaux. Chaque fois que l'on change de vin, il est de principe rigoureux de changer de verre.

Nous ne sommes point d'avis de parfumer les salles à manger; on doit éviter de troubler les sensations de ce repas par des émotions ou des impressions factices ; mais une salle à manger doit avoir deux portes, l'une pour le service, l'autre pour les convives.

Quant à la marche du service, elle a son ordonnance et ses préceptes: la gastronomie a promulgué ses lois. Autrefois les grandes maisons seulement avaient ce qu'on appelle *un tranchant* et des valets *servants*. Ailleurs, le maître, la maîtresse, avec l'aide des amis de la maison, faisaient les honneurs de la table; il y avait dans cet échange de politesse continue une occasion mutuelle et répétée de relations cordiales que l'intervention des valets fait disparaître. L'emploi des tranchants et des servants est descendu jusque dans les régions mitoyennes, et

plus d'un bourgeois croit se donner des airs de gentil-homme, en s'affublant de ce train contre lequel pestent tout haut Martine, Nicole et madame Jourdain, qui ne comprennent rien à ce sur-croit de gens, dans lesquels elles ne sont que trop disposées a voir des larrons.

Lady Morgan, dans le récit d'un de ses voyages à Paris, donne la relation de deux dîners, l'un chez M. le comte de Ségur, l'autre chez M. de Rothschild, au château de Bou-logne; elle les appelle des dîners très-fins et très-notables. De chez M. le comte de Ségur, elle n'a rapporté qu'une anec-docte sur Napoléon. De Boulogne, elle conserva d'autres sou-venirs; elle peint avec ravissement « le dîner servi au milieu des orangers, dans une salle formée par un pavillon en marbre blanc, où l'air était rafraîchi par le voisinage de petites fontaines qui lançaient une eau pure et brillante. La table, servie en am-bigu, était couverte au milieu par un dessert d'une admirable élégance. Un jour limpide était encore en présence des mille rayons du soleil couchant : l'argenterie brillait avec plus d'é-clat; des porcelaines, plus précieuses que l'or et l'argent, a cause des perfections du travail, retraçaient des scènes de fa-mille. Tous les détails du service annonçaient la science des délicatesses de la vie, une simplicité exquise.

« Les entrées se plaçaient autour de ce beau dessert. L'ordonnance et le dîner, tout décelait Carême : c'étaient sa brillante valeur, sa mesure parfaite. Plus d'épices anglaises, plus
de jus noir : au contraire, de fines saveurs et le parfum des
truffes : on était au mois de juillet, et l'on aurait pu se croire
au mois de janvier. Ce service excitait la satisfaction universelle, et, à un moment donné, nous couvrîmes de nos éloges
quelques mets délicieux. Les végétaux avaient encore la teinte
de la vie ; la mayonnaise semblait avoir été fricassée dans la
neige, comme le cœur de madame de Sévigné : la plombière,
avec sa douce fraîcheur et le goût de ses fruits, remplaçait
notre fade soufflé anglais. »

III

L'ÉPOQUE ACTUELLE.

Le dîner de l'époque actuelle, ses deux caractères principaux, dîners officiels, ministres,
le haut commerce, la Banque et la Bourse, le haut négoce, notaires, avoués, médecins,
les avares, dîner de célibataire, les maris-garçons, les artistes, quelques souvenirs :
mademoiselle Mars, madame Louise Contat, Elma, mademoiselle Duchesnois, mademoiselle Bourgoing, la critique, mademoiselle Blanche, Clotilde, le théâtre actuel,
mademoiselle Rachel, les intendants femelles, la bourgeoisie parisienne, les délices de
sa table, les *cordons bleus*, sagesse et élégance, durée des dîners, les dîners de parvenus, petites fortunes, hospitalité parisienne, luxe et indigence, le marchand, l'arrière-
boutique, l'ouvrier, dîners en plein vent, le dîner dans la poche, le dimanche, principes généraux, POST SCRIPTUM.

Le dîner de l'époque actuelle a, plus que ceux qui l'ont
précédé, une physionomie qui lui est propre ; il s'est montré
raffiné sur le bien-être. Les tables de l'empire et celles de la
restauration cherchaient à se rattacher aux temps passés ; notre
table, avec plus d'indépendance et plus de raison, s'est montrée

plus libre et plus ingénieuse qu'on ne l'avait été auparavant. Sous l'empire et sous la restauration, le service et la cuisine n'ont pas eu assez d'invention et de nouveauté; ils ont repris et suivi les vieilles traditions, et n'ont pas voulu comprendre qu'il y avait ailleurs qu'en France d'utiles indications. Aujourd'hui, on a tout osé, et nous prenons franchement aux étrangers ce que nous trouvons de bon et d'agréable dans leurs habitudes.

Le caractère particulier de notre table, c'est le cosmopolisme que d'autres n'ont pas connu.

Quelques années avant 1830, on se rappelle que les spéculations sur les terrains, l'indemnité des émigrés, et quelques fournitures militaires imprimèrent, à ce que nous appelons *la fortune flottante*, un mouvement d'activité fiévreuse; la conversion des rentes amena, sur ce sol mouvant et brûlant, les fortunes qui jusque-là avaient paru les plus paisibles et les plus stables. Le crédit imaginaire et les espérances chimériques dont parle avec tant d'irrévérence l'article 405 du code pénal étaient alors fort en honneur. Le luxe, non pas seulement celui qu'on étale au dehors, pour sa propre satisfaction, mais celui dont on fait part aux autres, a toujours été un des plus puissants moyens de séduction. Que de désastres frauduleux se sont cachés derrière des diners et des bals! Que de faillites, de banqueroutes, de dots, d'abus de confiance et de dépôts détournés, se sont démasqués le lendemain d'une fête! Lorsque ces crises financières agitent un pays, on dine avec fureur. Les plus timides se lancent avec intrépidité; chacun dépense ce qu'il a et ce qu'il n'a pas. On vit somptueusement à crédit; en attendant le gain, on dévore les espérances: à tout prix, il faut paraître riche : tout le monde a ses dîners. C'est à la date de cette effervescence qu'il faut faire remonter les premiers transports qui troublèrent les têtes les plus sages, et portèrent, dans les ameublements et sur nos tables, une affectation d'opulence et de prodigalité au-dessus de toutes les forces. On sait combien furent nombreuses les catastrophes, il y eut un moment où la société tout entière fut en faillite.

Il se passe maintenant quelque chose de semblable à cette situation excessive.

La démence de la commandite, l'ambition, les fortunes politiques, la corruption et le scandale ont produit dans la vie parisienne une ébullition que l'égoïsme, la cupidité et le culte des intérêts et des jouissances matérielles ont singulièrement augmentée. Dans ce second accès, on a été bien plus loin que dans le premier; les dîners ont marché en tête de ce faste insensé.

Alors, ce luxe que nous avons décrit plus haut se répandit partout, et devint en quelque sorte un état habituel; ce qui avait été le privilège des élus de la fortune descendit jusqua dans les classes moyennes, forcées de suivre la course précipitée des esprits aventureux qui conduisaient la vie et les affaires. On prétend que cette maladie inflammatoire est calmée, et que la société a repris un maintien normal, et déteste aujourd'hui ce qu'elle a aimé avec tant de violence. Nous voulons croire à ce retour; mais ces convulsions ont laissé des traces si profondes, qu'elles ont changé la physionomie de nos mœurs.

Le tourisme a exercé sur le dîner une autre influence. Dans

12

toute l'Europe, il s'est établi de vastes caravansérails, véritables palais qui ornent les villes, et bordent avec magnificence les chemins et les fleuves. La vapeur a remué le monde, et les voyages les plus longs n'effrayent plus personne ; les distances ont disparu, les peuples se visitent, comme faisaient jadis les

voisins de campagne. Les mœurs ont fraternisé ; à force de vivre ensemble et de parler toutes les langues, on s'est familiarisé avec toutes les habitudes, et chacun a rapporté chez soi ce qu'il avait vu de meilleur chez les autres. Le Français, si dédaigneux pour les usages étrangers, et si vain de sa propre supériorité, a peut-être, par son empressement pour l'importation des coutumes exotiques, donné dans un autre travers. Quoi qu'il en soit, avant de parcourir le monde des dîneurs parisiens, nous avons dû faire reconnaître les deux principaux traits de la table actuelle : le luxe excessif et le cosmopolisme outré.

Au-dessous des sommités, les distinctions sont donc devenues difficiles à établir officiellement. On dîne à peu près de même partout ; cependant il est des nuances que saisit toujours le regard bien exercé.

Les ministres veulent-ils affecter un air royal, à la fatigue et à la gaucherie des valets, à leurs efforts pour se multiplier, vous verrez l'indigence du service. Quelques grandes maisons, de celles qu'on appelle les Noailles, les Montmorency et les la Trémouille ; les ambassadeurs qui tiennent à se montrer dignes de leur rang, de leur nom et de leur pays, sauront atteindre la véritable élévation ; mais on ne les voit pas se hausser mal à propos. Ce tort est encore celui de tous ceux que les événements politiques ont récemment exaltés ; leur table n'a jamais eu qu'une libéralité gauche, grotesque, et cachant mal leurs habitudes communes et parcimonieuses.

Dans le haut commerce, la banque et les heureux de la Bourse, il y a eu plus de goût et de discernement ; mais toutes les conditions de l'esprit, de l'urbanité et de l'élégance, n'ont pas été complétement remplies ; il y a, même sur les tables qui ont le mieux mérité, un luxe tout neuf auquel ceux qui l'étalent ne sont point habitués. Cependant il faut reconnaitre qu'en ce genre, l'opulence nouvelle a fait de loyaux efforts ; mais nous persistons à penser que les banquiers et les agents de change ont trop fait les petits princes, de telle sorte qu'ils sont restés bien loin des grands seigneurs.

Le haut négoce a eu des instincts plus sûrs et plus droits ; dans ses fabriques, dans ses *palazzine*, dans ses maisons de ville et dans ses maisons de campagne, il s'est entouré tout bonnement d'un luxe énorme et de la plus somptueuse abondance. Souvent, au fond de la province, il a déployé un faste à étonner Paris.

Dans les professions qui se
placent, par leur influence, par la pré-
somption de leur mérite et de leurs lumières, si près des sommités sociales, et
se confondent quelquefois avec elles,
chez les notaires, chez les avocats et
chez les médecins, on dîne généralement
bien : chez quelques-uns même on dîne
doctement, mais c'est avec une gravité
qui fait les choses solidement, et ne se
pique ni de légèreté ni de capricieuse
fantaisie : la friandise n'y est point toujours satisfaite ; l'estomac y est content.
Ces dîners ont ordinairement des mœurs,
qui font partie de la transmission de la
charge et de la clientèle.

Les avoués ont généralement des allures plus vives : même chez les plus
vieux procureurs, surtout dans les ébats
de la table, il y a quelque chose du clerc :
leur chère est généralement jeune et sen-
suelle, mais seulement aux bons jours ;
leur ordinaire est presque toujours détestable.

Il est à Paris un genre de dîners succulents et presque irréprochables : ce sont
ceux que donnent les célibataires de loisir, gens retirés du monde dans un fra-

mage, et qui passent doucement la meilleure partie de leur vie à
échanger des politesses gourmandes. Ces repas s'appellent des
diners de garçons. Ils sont ordinairement composés avec un art
infini, et l'exécution en est surveillée avec tendresse. La propreté
est le seul luxe de ces tables qui, du reste, font beaucoup pour
la félicité de ceux qu'elles convient ; l'excellente qualité de tous
les mets et de toutes les préparations est la coquetterie de
l'hôte. Ces diners ont deux physionomies distinctes : l'une, occupée, presque studieuse, sobre de paroles, et témoignant de
son bonheur par une pantomime expressive, rigoureusement
attachée aux règles, et faisant des joies de la table un plaisir
sérieux ; l'autre, animée et joyeuse, peu soucieuse de l'étiquette, franchement gaie, buvant et mangeant à outrance, a
la face épanouie et le regard ouvert et brillant.

La jeunesse et les femmes ne se plaisent point dans cette
compagnie ; l'âge mûr et la verte vieillesse en font leurs délices. Il n'est pas rare de voir ces aimables repas s'attacher à
un ou deux morceaux de choix : un beau poisson, un prodige
de volaille ou un rôt de gibier phénoménal, une matelote renommée, un salmis modèle, ou quelque
primeur fameuse, font les frais d'un diner,
dont on leur accorde les honneurs. Les
maris, en *partie fine*, et loin du pot-au-
feu conjugal, aiment et cultivent aussi la
bonne chère. Ces tables ont une devise
qui résume exactement leurs penchants et
leurs inclinations ; en y prenant place, ou
se dit l'un à l'autre : « Allons doucement, et mangeons tout.»

13

Nous n'avons jamais été la dupe de ce que l'on a dit des tables des artistes célèbres. Talma et mademoiselle Mars avaient des dîners que l'on vantait sans y croire, mais le prix qu'on attachait à être admis dans la familiarité de ces personnes célèbres était le meilleur assaisonnement du repas, dont on racontait des merveilles. Mademoiselle Mars a toujours eu une table bien servie, mais sans distinction véritable; il régnait chez elle un certain esprit de convention qui sentait la coterie bien plus que le monde: on y faisait des mots qu'on mettait en circulation au dehors. Détestable manie! Des convives familiers règnent dans ces maisons; ils tyrannisent du geste et du regard les nouveaux venus, dont la présence semble les inquiéter. Dans les derniers temps qu'elle passa au théâtre, mademoiselle Mars s'entourait de jeunes filles et de jeunes femmes; depuis qu'elle est retirée de la scène, elle a continué ces préférences: cela donne à son dîner l'air d'une collation de pensionnaires, et à son salon l'aspect d'un parloir. La vieillesse de mademoiselle Mars, comme celle de madame de Maintenon, s'est fait un Saint-Cyr. Il est sorti de la table et de l'ancien salon de mademoiselle Mars quelques réputations d'esprit.

Mademoiselle Cont a donné son nom à un potage; autrefois les grands seigneurs se montraient curieux de ces baptêmes.

Chez Talma, nous aurons tout dit du maître, de la table et de la société, lorsque nous aurons écrit ces seuls mots: «On y était bon enfant.»

Mademoiselle Duchesnois faisait et donnait grande chère,
elle s'y est ruinée. Mademoiselle Bourgoing était d'une bonté
universelle ; sa maison était ouverte à tout venant, son sourire,
sa beauté, et cette grâce qui ne fut qu'à elle, en faisaient les honneurs. Il y avait là beaucoup pour le plaisir, peut-être trop peu
pour le goût et pour l'esprit. Mademoiselle Bourgoing recevait
des personnages considérables, des maréchaux de France : c'é-
tait chez elle que fut conclu l'emprunt d'Espagne. Au dîner
qu'elle donna pour célébrer cet événement, elle trouva sous
sa serviette cent mille francs que lui offrait M. Torreno.

A cette époque, il existait, entre toutes les intelligences, un
lien cordial et fraternel : écrivains, peintres, artistes, musiciens
et acteurs, tout ce qui, de près ou de loin, se mêlait aux travaux de l'esprit, ceux que leur goût, leur concours, leurs affec-
tions, leurs relations et leur bienveillance, attachaient aux arts
et aux lettres ou au théâtre, étaient affiliés à la famille intel-
lectuelle. On se retrouvait partout, et l'on multipliait des dîners
où chacun apportait un esprit dégagé d'envie, mais prêt à ces
luttes auxquelles l'amour-propre donne une si piquante émul-
lation.

Les critiques de quelque poids avaient leur couvert mis un
peu partout, surtout chez les sujets illustres du théâtre : c'était
le temps où les hommes que l'attrait de leur conversation faisaient rechercher étaient comme Fontenelle, qui ne dînait
jamais chez lui.

A l'Opéra, on ne dînait que chez madame Branchu et Clotilde ; le chant et la danse recevaient leurs amis à souper.

Aujourd'hui, les rois, les princes, les reines et les princesses

de théâtre donnent quelquefois un dîner surprenant, quelque
bal splendide, avec un repas de nuit, ou bien quelque concert
bien bourré de camaraderie. Mais lorsque les comédiennes ont,
en une soirée, fait dissoudre la perle de Cléopâtre ; quand les
comédiens ont dépensé, en une nuit, la moitié de la recette d'une
représentation à bénéfice, tout est dit : c'est une dette qu'ils
acquittent une fois l'an ; on va chez eux par curiosité. Entre le
théâtre et le monde il n'y a plus rien de commun : la scène ne
sait plus rien du monde ; le monde ne comprend plus rien au
théâtre.

Mademoiselle Rachel a un hôtel à Paris et un kiosque à
Marly : dans l'hiver, à la ville, on fait des crêpes où l'on mange
des marrons, et l'on boit du cidre ; dans l'été, à la campagne,

on mange les fruits du jardin et l'on boit de la bière. Au quai
Voltaire, on joue au loto dans le salon ; à Marly, on joue à
cache-cache. Joies et plaisirs d'enfant qui, plus tard, sont des
ridicules.

En général, les acteurs et les artistes sont livrés, par leur
position même, à des espèces d'intendants femelles qui mettent

presque toujours leurs petits intérêts à la place des intentions du maître ; aussi, dans ces logis, voit-on toujours le luxe montrer le bout de l'oreille d'une gêne causée par le désordre ; il y a profusion et détresse.

Il n'est rien de plus fin et de plus délicat que la table de la bourgeoisie aisée de Paris ; nous n'hésitons pas à affirmer que le point de perfection se rencontre dans ce centre. On a cru pouvoir lui reprocher l'exiguité de son service ; et la gloutonnerie de quelques provinces s'est beaucoup égayée sur ce qu'elle appelait les petits plats de Paris. Malgré ces reprimandes, ce n'est pas moins dans l'aisance bourgeoise qu'il faut chercher le type vrai et les charmes réels des diners parisiens.

Le diner dont nous parlons est celui que les maisons qui poussent d'une fortune, et qui se trouvent dans un certain mouvement d'affaires et d'intérêts, don-

nent, une fois la semaine, à des convives dont le nombre ne doit jamais être au-dessous de cinq et jamais au-dessus de douze. Ordinairement ces repas sont préparés par une cuisinière. Ceux qui affectent quelques dédains pour le genre femelle, en matière de cuisine, ignorent jusqu'à quel point de supériorité est poussé le mérite de ces femmes, que la tradition désigne encore sous le nom de *cordons bleus*. Il est impossible d'apporter plus de soins, plus de délicatesse, plus de goût et plus d'intelligence qu'elles n'en mettent dans le choix et dans la préparation des mets. Une bonne cuisinière de Paris à laquelle on laisse une juste liberté d'action est un sujet dont le talent peut lutter avec celui des chefs illustres : nous n'en exceptons que la confection des grandes pièces de la table, de l'office et du dessert ; mais dans l'ordre des raffinements friands et des morceaux apprêtés avec recherche, une bonne cuisinière ne le cède à personne. Placez auprès d'elle une maîtresse de maison qui la dirige sans la tracasser, la conduise et l'éclaire sans la tourmenter, et, de cette heureuse alliance, vous verrez naître ces repas exquis dont on ne perd plus la mémoire, une fois qu'on les a connus.

Point de luxe, nulle profusion, ne se font remarquer sur les tables bourgeoises ; mais la propreté y est extrême. Le matériel du service n'y étale pas comme ailleurs les modèles les plus nouveaux ; peut-être même la forme de ces objets est-elle surannée, mais tout y a ses allures commodes. Il semble que sur ces tables on retrouve le signe de la stabilité des fortunes ; le luxe de la famille y brille par la date même de l'ancienneté de la vaisselle. On aime cette aisance qui ne vient pas de la veille, et cette modestie du vieux foyer plaît comme, dans d'autres endroits, étonne et séduit l'opulence de la véritable aristocratie. Dans ces dîners, les mets ne sont pas nombreux, ils ne sont point abondants ; mais l'excellence de la qualité fait facilement oublier ce qui peut manquer à la quantité. Un des mérites de ces repas, c'est la politesse bienveillante et attentive qui préside à leur direction. Les convives ne sont point abandonnés aux valets ; le maître et la maîtresse de la maison, leurs parents et leurs amis les plus intimes, s'unissent dans des soins communs qui vont au-devant de tous les désirs, préviennent tous les vœux, et ne sont jamais importuns. Ces heureux repas sont le plus souvent animés par la franchise des propos ; les vins parfaits, qui sont l'honneur des bonnes maisons, entretiennent la gaieté d'une conversation avec moins de bruit, sans doute, que les entretiens retentissants des tables précieuses. Mais l'esprit y est doux et d'accès facile ; il n'opprime pas le dîner, il le pare, l'embellit, et laisse un peu de place à d'autres jouissances que celle de se faire écouter.

La durée de ces dîners est sagement calculée : il ne faut pas rester à table moins de deux heures, il ne faut pas y passer plus de trois heures. Le meilleur précepte à suivre, c'est de ne rien hâter, ne rien précipiter, et surtout de faire en sorte que, sans presse, le convive soit toujours occupé : c'est le comble du bon goût et de la vraie courtoisie.

Ah ! combien nous préférons ces dîners, qui sont les fêtes de la bourgeoisie parisienne, à ces grands repas étincelants de splendeur ! Combien, surtout, nous les plaçons au-dessus de ces cohues bruyantes qui mettent la fatigue à la place du plaisir, et de ces dîners composés et roidis par l'étiquette et par les froides exigences du cérémonial.

Nous avons une louange particulière à adresser aux dîners de la bourgeoisie parisienne : ils ont secoué le joug de la routine culinaire : il est des mets recherchés autrefois qu'ils ont sagement éloignés de leurs tables. En ce genre, nous ne connaissons pas de disgrâce plus éclatante et plus méritée que celle du fricandeau, jadis si honoré, et que l'on ne trouve plus que chez les traiteurs de la banlieue, et sur quelques tables du Marais.

A Paris, les vrais dîners bourgeois se sont préservés de la fougue du progrès et de la hâte avec laquelle, dans les hautes régions, on s'est rué vers les habitudes étrangères. Ils ont adopté les pièces de viande rôties, les pièces de poisson bouillies à la manière anglaise ; mais ils ont sagement répudié ces préparations improvisées qui ne savent rehausser des mets sans saveur qu'en brûlant le palais. Le dîner bourgeois n'a point laissé envahir sa table par les monstrueux puddings dont se bourrent si maladroitement les estomacs français ; mais ils ont diminué l'abus des sauces variées à l'excès, et cette chimie des épices qui a si longtemps rendu la cuisine française redoutable à la santé. Il n'est pas impossible que nous venions d'émettre une série de blasphèmes gastronomiques, mais nous sommes sûr d'avoir pour nous le sens, l'esprit et le goût des bonnes gens.

Avant d'entrer dans les généralités vulgaires du dîner parisien, et après avoir dit ce que nous connaissions de meilleur, nous devons dire ce que nous connaissons de pire.

C'est un dîner de parvenu.

Il est, dans Paris, une de ces tables à laquelle les parasites
ont fait une réputation qui, du reste, n'a jamais franchi les
limites d'un espace auquel le monde est parfaitement étranger.

L'art de donner à dîner ne s'apprend point en vivant chez
le traiteur, au cabaret, comme disaient les jeunes seigneurs.
Qu'un homme, favorisé tout à coup par la fortune, s'imagine
de tenir table, et vous apercevrez dans ses réceptions ces ridicules impudents et grotesques qu'un enrichi malappris porte
sur toute sa personne. Vous le verrez tout d'abord croire très-
sérieusement qu'il a le droit de confier à ses laquais le bonheur
de ceux qu'il a invités. Au premier aspect, sa table ressemblera
à une boutique d'orfévrerie ; et dans cette foule confuse d'objets,
d'ustensiles et de vases de toutes les formes, dont rien n'indique l'usage, on est embarrassé, gêné et sans guide. Ne de-
mandez pas au maître de la maison à quoi servent toutes ces

choses qu'il a entassées, et de telle
sorte, qu'on ne saurait en toucher une
sans déranger toutes les autres : il n'en
sait rien lui-même : on lui a expédié
cela en pacotille. Il en est de même du
dîner : il vient de chez le plus fameux
traiteur, mais il est arrivé froid, sans
ordre ; ceux qui le servent ne comprennent guère que le service du public. Ils
sont à l'heure, pressent les convives, brusquent le service, en
dérangent l'ordre, et parviennent ainsi à réunir tous les inconvénients du restaurant sans aucune de ces immunités qui,
chez lui, font tout excuser.

Pour savoir si le dîner qu'il donne est bon ou mauvais, le parvenu n'a qu'une mesure, celle du prix que lui coûtera le repas. Quant à tout ce qui peut augmenter les plaisirs des convives par l'urbanité des rapports mutuels, cet homme n'y a jamais songé; il ne vous donne point à dîner pour vous, il vous donne à dîner pour lui. Ne vous souvient-il plus qu'il a chargé ses valets de votre félicité!

La seule attention qu'il prenne quelquefois, c'est de vous demander brutalement si vous êtes content. Il est habitué à ce que le cœur de ceux qu'il nourrit lui paye, en sortant de table, ce tribut d'actions de grâces.

Ce que cette espèce de gens ignore le plus, c'est que le dîner ne finit point avec la dernière bouchée que l'on mange et avec le dernier coup que l'on boit; il est au delà de la salle à manger des prévenances et mille délicatesses d'une grâce infinie, détails délicieux qui complètent le plaisir. Les régions élevées n'ont pas le loisir d'y songer. Un grand dîner abandonne ses convives au sortir de la table; un bon dîner les accompagne dans toutes les petites joies qui s'échelonnent sur leurs pas,

après le dessert. Quant au parvenu, il laisse ses gens éteindre les bougies, ses convives chercher leurs chapeaux, et il court digérer publiquement dans une avant-scène de l'Opéra, pour apprendre à tout le monde qu'il a copieusement dîné; ce dont ne laissent douter ni son visage, ni son ton, ni ses manières.

Il ne manquera pas de gens pour répéter en tous lieux que cette table est une des premières de Paris, et le parvenu les croira sur parole, sans se douter de la cruelle et sanglante morale de ces éloges. Il n'entend pas ce vers du *Misanthrope* qu'on murmure tout bas, en se levant de table :

> C'est au fort méchant plat que sa sotte personne,
> Et par de l'amour grec, tous les dîners qu'il donne

Toutes les tables de la bourgeoisie parisienne n'ont pas les mêmes mérites : il faut descendre d'échelon en échelon, depuis les délices que nous venons de décrire, jusqu'à la médiocrité, presque jusqu'à l'indigence. Il n'est pas de population plus ingénieuse que celle de Paris pour les jouissances, les ressources et les nécessités de la vie domestique. Aux bourgeoises, et dont l'existence touche à celle de l'opulence et de l'aristocratie, succèdent des classes plus humbles, et l'on arrive aux petits rentiers, aux petits employés, à ceux qui vivent d'une pension médiocre, aux bénéfices les plus minces, aux incertitudes et aux moyens les plus chétifs. Et bien, à tous les degrés, à mesure que le bien-être diminue, vous voyez croître le soin, la sollicitude, l'activité et l'intelligence ; le moindre mets est préparé avec un art infini. Il y a tel *haricot de mouton* dont le parfum a fait tressaillir d'aise et de désir le riche qui vient de passer devant la loge du portier, pour aller manger une dinde aux truffes ; il faut dire aussi qu'il n'est pas de ville qui offre aux petites fortunes, et à la discrétion de ceux qui veulent dérober aux regards leurs économies, plus de ressources que Paris. Le nombre de ces petits dîners, composés

quelquefois d'un seul plat, forme la majorité des humbles
repas que les ménagères accommodent avec autant de zèle que
s'il s'agissait de la meilleure chère. Dans ce régime ainsi ré-

duit, il n'y a rien de négligé, rien de grossier. Lorsque le
Parisien n'est pas intempérant, il est étrangement sobre ; les
femmes surtout vivent de peu.

Riche ou pauvre, aisé ou malaisé, le Parisien a une manie
que nous n'avons pas le courage de blâmer : il est fou d'hospitalité.

« Quel jour viendrez-vous nous demander à dîner ? —
Quand peut-on vous avoir ? — Votre couvert est toujours mis.
— Venez donc manger notre soupe. »

Toutes ces locutions font, pour lui, partie de la civilité courante, et ce ne sont pas toujours de vaines formules. Lorsque
le Parisien traite ou reçoit, il veut se faire honneur auprès de

ceux qu'il a invités. Pour cela, il n'épargne rien, il sait dissimuler sa détresse ; et il n'est point rare, lorsque la vanité ou l'intérêt sont en jeu, qu'un ménage dans l'embarras n'étale un luxe pris à crédit, et dont les suites apporteront de longs chagrins : mais on a jeté pour quelques heures un voile sur une indigence dont les mœurs ont fait presque un crime, cela suffit au moment. Il est des maisons qui, pour donner un dîner capable de fonder une réputation d'opulence, consentent à jeûner durant des mois entiers, et, pour un jour de luxe, s'imposent de longues et accablantes privations. Ces travers, qu'engendrent les vanités d'en haut, n'arrivent aux zones inférieures que rares et affaiblies. Une femme prête à partir pour le bal, étincelante de toilette et de diamants, dînait avec sa bonne ; c'est-à-dire que, tour à tour, elles trempaient une mouillette dans un œuf à la coque.

Le dîner du marchand n'est jamais l'objet d'un soin particulier. La fabrique, le négoce et le trafic, quoi qu'ils fassent, ne dînent que sur un pied. Les magasins de quelque importance ne dédaignent point un bon ordinaire ; mais ils n'ont pas le loisir et la tranquillité d'esprit nécessaires pour jouir de ces biens. Les repas des grands établissements où les commis sont nourris sont presque toujours outrageusement simples : il y a peu d'exceptions à cette règle. Ces dîners tiennent du régime des collèges et des pensions. Dans ces communautés de l'industrie, les femmes sont encore plus maltraitées que les hommes. Les maisons qui ont soin de leurs ouvriers sont peu nombreuses, et il y a tel établissement, dont la magnificence extérieure surprend le passant, et qui laisse littéralement mou-

16

rir de faim les jeunes filles qui travaillent dans ses ateliers. Si

l'on avait le se-
cret de cette in-
digne parcimonie,
on serait moins
étonné des appé-
tits excessifs de
ces demoiselles
lorsqu'elles di-
nent *en ville*.

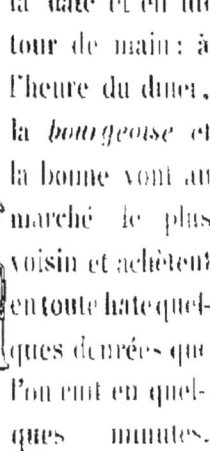

Pour la bouti-
que, tout se fait à

la hate et en un
tour de main : à
l'heure du dîner,
la *bourgeoise* et
la bonne vont au
marché le plus
voisin et achètent
en toute hate quel-
ques denrées que
l'on cuit en quel-
ques minutes.

Aussi, quel dîner ! un morceau qu'on entame sans être sûr
de pouvoir l'achever : l'œil et l'oreille au guet, sur un pied
et prêt à partir au premier signal, voilà comment dîne le
marchand de Paris. Il y a des garçons épiciers que la malice

des gamins de Pa-
ris ne cesse de har-
celer : ces malheu-
reux ne peuvent
prendre leur four-
chette sans qu'un
acheteur vienne les
faire lever, et il s'a-
git toujours d'une

emplette de quelques centimes. N'entrez jamais chez un coif-
feur à l'heure du dîner : le garçon, désolé de quitter la table, se
vengera de ses déplaisirs sur votre tête ou sur votre menton.

L'ouvrier qui vit de son ménage et qui mange sa propre cuisine dîne brièvement, tantôt de ce qu'on lui apporte de chez lui, tantôt de ce qu'il a emporté le matin. Le soir est l'heure du repas au logis; c'est à ce moment que nous retournerons auprès de lui et des siens.

La pièce fondamentale du dîner parisien est le pot-au-feu. Dans la plus grande partie de la France, l'usage de la soupe et du bœuf est national.

En parcourant ces différentes régions, en visitant et en fouillant ces cases si diverses, l'on voit les mœurs populaires se modifier en mille façons; ces variétés semblent se multiplier sous l'observation.

Toute une classe de travailleurs dîne en plein vent: on la rencontre sur les quais, sur les ponts, sur les places et dans les rues, près des bâtiments en construction. Les ouvriers qui adoptent ce genre de vie sont généralement les plus économes; ils mangent en se promenant, groupés, assis ou couchés

comme le lazzarone napolitain, les viandes cuites, charcuterie frissonnante, qu'ils enlèvent de la poêle même de la mar-

chande, dont l'éventaire est une lèchefrite : ces cuisines porta-
tives et ambulantes ne sont communes qu'à Paris. Les femmes
qui font ce commerce sont la providence de l'ouvrier, et bien
souvent, lorsqu'il *fait grève*, lorsque le manque d'ouvrage lui
croise les bras, il est nourri par un dîner dont le prix est hy-
pothéqué sur l'espoir de jours meilleurs.

N'oublions pas ce jeune homme dont l'é-
légance commence à montrer la corde ; il
porte son dîner dans sa poche : un petit
pain qu'il brise ; il avale chaque bouchée
à la dérobée et en détournant la tête.

Après de tels faits, on doit voir sans
étonnement les licences du septième jour
et les joies du dimanche ; pour toute cette
population laborieuse, que le travail tient
courbée pendant six jours, et à laquelle il impose de si rudes
privations, quelques heures de libres jouissances sont un
présent du ciel. En réfléchissant à cette situation, dans laquelle
sont placées ces masses de travailleurs, on se montrerait moins
sévère pour les excès de leurs récréations.

Il y a, pour le dîner, des principes généraux, parmi lesquels
nous rappellerons volontiers ceux qui s'adressent bien plus à
l'esprit qu'à l'estomac.

Le bon choix et l'harmonie des convives que l'on réunit,
sont parmi les plus importantes conditions d'un bon dîner,
c'est là surtout que doit se faire remarquer cette qualité de
goût qui semble, à elle seule, les renfermer toutes ; et que l'on
nomme le tact.

« Un homme qui sait vivre mange peu et boit peu à sa table.

« Ce qui charme presque toujours, c'est une nouveauté délicate, c'est une intelligente appropriation des habitudes présentes à nos idées modifiées. La véritable élégance, c'est la nouveauté contenue, c'est la transition bien ménagée. Son secret est dans ces mots : Assez ; jamais trop. »

A Paris, le diner bourgeois a ses embarras, ses ridicules et ses tribulations. Le nombre des convives, qu'il faut mettre en harmonie avec les exigences des relations, les dimensions de l'appartement et les ressources du ménage, est, à lui seul, un sujet de soucis graves et de querelles. Le chapitre des préséances et des petites considérations, celui des amours-propres

et des incompatibilités d'humeur, ne sont pas moins longs et moins ardus. Plus les positions sont médiocres, plus les prétentions sont implacables et superbes.

Voici un type de maîtresse de maison que nous recommandons à toutes les femmes, et que plus d'un homme peut étudier avec fruit.

17

Madame de Fontanes avait un tact tellement sûr, que son mari n'eut jamais besoin de lui indiquer le degré de faveur, de familiarité ou de froideur dont elle devait user vis-à-vis de tel ou tel de ses invités. Toujours au courant des nominations académiques et des promotions dans le corps universitaire, parfaitement éclairée sur le mérite des savants étrangers qui visitaient Paris, occupée à se bien renseigner sur les succès littéraires du jour, elle savait quel homme devait être le privilégié de sa soirée, celui auquel elle ne pouvait se dispenser de présenter sa main dans le trajet du salon à la salle à manger, ceux aussi qui devaient être placés à sa droite, à sa gauche, et ceux enfin qu'elle pouvait, sans les blesser, reléguer aux bouts de la table. Ces soins délicats, habiles des maîtresses des grandes maisons, peu de grandes dames aujourd'hui les possèdent à un degré supérieur; c'est pourtant là un des puissants moyens de succès dans les régions administratives et politiques. Madame de D... a gagné plus d'amis à M. Talleyrand, que ses bons mots ne lui ont aliéné de vanités blessées. Accueillir et traiter les gens selon le mérite reconnu ou le triomphe qu'ils viennent d'obtenir, ne pas irriter par des préférences marquées et suivies des amours-propres rivaux, provoquer, pour les uns, le récit de la veille, et pour les autres de l'anecdote du jour, afin de faire briller celui qui conte bien ; amener adroitement sur

le terrain de la science l'homme qui n'a que du savoir ; forcer une conversation grave à se reporter sur les arts, pour mettre un artiste, jusque-là muet et négligé, à même de faire valoir sa spécialité, et tout cela en faisant circuler les morceaux choisis pendant qu'on est à table, et les paroles gracieuses dès qu'on est rentré au salon : voilà un talent précieux et à peu près perdu dans le pêle-mêle de nos banquets.

La satire de Boileau, sur le mauvais dîner, contre lequel il se fâche, est donc, bénigne et indulgente, si on la compare à la cruauté des sarcasmes qui, de nos jours, poursuivent un dîner fâcheux et déplaisant. Pour ce méfait, pour ce crime de lèse-hospitalité, le monde est sans pitié.

On cite plusieurs exemples de ces divertissantes colères. Nous rapporterons les plus grotesques.

C'était chez une femme très-distinguée et de fort bonne compagnie, mais ignorante des mille recherches de la gastronomie parisienne. On était au mois de juin ; l'eau dans les carafes n'était pas glacée. « Ah ! de l'eau chaude ! s'écria un des convives. François, va me chercher de la glace : vous permettez, l'eau tiède me fait mal, je ne pourrais pas dîner. » La maîtresse de la maison était confuse. Un moment après, un autre convive s'écria : « Ouf ! quel poisson ! Si l'eau n'est pas fraîche, le poisson n'est pas frais non plus, c'est de l'harmonie — Oh ! mais c'est la carpe de *Bilboquet* que vous nous servez là, reprit à son tour un autre plaisant. J'ai vu, en passant au marché, une superbe carpe : dans quinze jours je la marchanderai. » (Voir *Odry et les Saltimbanques*.)

Cette piquante citation fut accueillie par d'impitoyables éclats de rire : la maîtresse de la maison respirait à peine. On servit du vin de Champagne. « Ah çà ! dit un vieux viveur au maître de la maison, est-ce que c'est toi qui fais ton vin de Champagne toi-même, mon cher ? Il n'est pas mauvais, il ne lui manque qu'une seule chose pour être excellent : il n'y a pas tout à fait assez d'estragon. »

Les éclats de rire redoublèrent : la maîtresse de la maison était rouge de honte, son mari était pourpre de colère ; mais ils faisaient bonne contenance. On a supprimé la torture, la question, le brodequin, la roue, le chevalet : ces supplices-là n'étaient rien en comparaison de ceux qu'enduraient ces amphitryons martyrisés ; et ce fut ainsi de tout le temps du dîner, des bons mots contre chaque vin, des épigrammes contre chaque plat. Enfin, on se leva de table : et la dernière parole termina dignement cette triste fête : « Ah ! que j'ai faim ! que j'ai faim ! cria tout haut l'un des convives, en sortant de la salle à manger ; messieurs, je vous invite tous à souper ce soir au café Anglais ! »

Pour tempérer l'indignation du lecteur, nous raconterons un des traits qui honorent le plus la vieille courtoisie française.

En Angleterre, à l'époque de la révolution française, le duc de Bedfort avait offert au duc de Grammont, émigré, un splendide repas, une de ces fêtes quasi royales que les grands seigneurs anglais mettent leur orgueil à donner à des souverains et

leur bon goût à offrir a des exilés. Au dessert, on apporta une
certaine bouteille de vin de Constance, merveilleux, sans pareil, sans âge, sans prix. C'était de l'or liquide dans un cristal
sacré ; un trésor fondu qu'on vous admettait à déguster, un
rayon de soleil qu'on faisait descendre dans votre verre : c'était
le nectar suprême, le dernier mot de Bacchus. Le duc de Bedfort désira verser lui-même à son hôte cette liqueur des dieux.
Le duc de Grammont prit le verre, goûta le prétendu vin, et le
déclara excellent. Le duc de Bedfort, pour lui faire raison, voulut en boire à son tour ; mais à peine a-t-il porté le verre à ses
lèvres, qu'il s'écrie, avec un horrible dégoût : « Ah ! qu'est-ce
que c'est que ça ? » On accourt vers lui, on examine la bouteille,
on interroge le parfum : c'était de l'huile de castor !. . Le duc
de Grammont avait avalé cette détestable drogue sans sour-
ciller. Ce trait sublime fit grand honneur à la noblesse de
France ; on conçut une haute idée d'un pays où la politesse
allait jusqu'à l'héroïsme.

On s'est beaucoup amusé des susceptibilités de la petite
bourgeoisie ; elles sont extrêmes ; mais celles de l'aristocratie

ne leur cèdent point ; elles
sont aussi hautaines que les
autres sont mesquines.

Un homme connu par son
urbanité, après un dîner chez
un riche banquier, prenait du
café : au moment où il s'ap-
prêtait à savourer le délicieux
poison, une femme jeune et jolie s'avança vers lui, roulant

dans ses doigts un énorme morceau de sucre. « Monsieur, lui dit-elle, avec le plus gracieux sourire, voulez-vous me permettre de faire *un canard?* »

Cette étrange familiarité le déconcerta au point qu'il pâlit, trembla, et laissa tomber le contenu de sa tasse sur la robe blanche de la dame *au canard.*

Une comtesse allemande versait du thé ; un baron allemand, au lieu de se servir des pinces, prit du sucre avec ses doigts. La comtesse marcha vers la fenêtre, l'ouvrit, et jeta le sucrier : le baron acheva tranquillement de prendre son thé ; lorsqu'il eut fini, il alla aussi à la fenêtre, l'ouvrit, et jeta sa tasse vide. Deux mois après cette scène, le baron épousait la comtesse.

Quant aux traits particuliers de la physionomie du dîner parisien et à quelques singularités de ses habitudes, nous en avons fait l'objet d'un examen spécial.

C'est peut-être le *post-scriptum* dans lequel il faut chercher la pensée de tout ce qui précède.

Nous terminerons par un aphorisme.

« Dans un dîner, l'ordre doit être comme les machines de l'Opera, dont l'effet charme et dont on ne voit pas *les fils*. »

IV

VARIÉTÉS DU DINER.

Les diners de la garde impériale, les diners chantants, les *goguettes*. — Les Banquets patriotique, militaire, philosophique, philanthropique, les corporations, la garde nationale, les arts, l'industrie, les souvenirs de collège, les banquets maçonniques, le banquet de Saint-Sulpice, le banquet des cochers de Paris. — Les diners de garde, les diners de famille, les diners du dimanche, diners-annonces, diners littéraires, diners du théâtre, les hommes d'esprit, ceux qu'on sert au dessert, les étrangers, un mot de Courpigny, les aliments, le Lacédémonien et le satrape, les mystères du diner, les savants, madame la princesse de Lieven, pour vivre cent ans, un drame à table. — Résumé et bilan, les diners improvisés, innovations, les veries, le *coup du milieu*, une opinion de Legeâtre jeune, les cure-dents, les bols, l'heure d'diner, le théâtre et la politique, les femmes à table, le cigare, civilité puerile et honnête, les places, le dessert, le fromage, lord Edgerton, un diner chinois, un diner arabe, le *menu*, la conscience et l'estomac, les saisons.

L'empire donnait à toutes les choses des proportions gigantesques : il eut pour ses soldats des repas qui laissaient bien loin derrière eux tous les souvenirs des temps passés ; ses fêtes militaires avaient un caractère homérique. Napoléon traita sa garde dans le jardin des Tuileries, au retour de la campagne de Prusse ; en 1815, avant Waterloo, il la fit fraterniser, le verre en main, sur les tertres du Champ de Mars, avec la garde nationale de Paris.

Le goût des arts et des lettres, et de tout ce que ramenait une civilisation polie et éclairée, vit renaître les réunions de la table, où l'esprit et la gaieté fraternisèrent. C'était un hommage rendu à ces diners qui avaient porté si haut la réputation de notre société.

Les sociétés chantantes se relevèrent de toutes parts, sous des noms différents ; et depuis les diners du *Cadran bleu* et ceux du *Rocher de Cancale*, jusqu'aux plus humbles *goguettes*, on but et l'on chanta. Nous prions toutes ces vieilles renommées de vouloir bien nous pardonner de n'avoir jamais pris au sérieux leurs chansons gourmandes et leurs *flonflons* bachiques : mais, en fait de bon vin et de bonne chère, ils n'ont eu qu'un amour platonique : ils ont chanté les délices et l'ivresse de la table, comme les poetes qui adorent ou célèbrent, dans leurs vers, une beauté imaginaire. Ces sociétés chantantes n'ont jamais fait un bon diner ; les restaurateurs qu'ils mettaient en réputation ont toujours traité ces faux épicuriens en vrais niais épris de ce qu'ils ne connaissaient pas. Nous ajouterons que la gaieté et la fraternite des sociétés chantantes n'ont été que des fictions ; on s'y déchirait à belles dents, et, sous l'insouciance de la chanson, se cachaient les rancunes de l'amourpropre. Nous avons tout lieu de croire, et cela, d'après des témoignages contemporains, que ces assemblées n'ont point compté dans leur sein de vrai bonhomme ; elles n'en ont eu que la copie.

Deux ou trois *caveaux*, plus ou moins modernes, et deux ou trois *gymnases*, plus ou moins lyriques, existent peut-être encore. Il y a quelques années, ils se disputaient l'héritage de leurs devanciers : mais de cette succession, ils n'avaient recueilli que le privilége de mal diner.

Les franches *goguettes*, dont les membres s'assemblaient devant un morceau de veau et une salade, avaient, sous une forme moins agréable, le même défaut que les sociétés chantantes ; les prétentions y gataient tout. Nous avons assiste à une séance, c'est-à-dire à un diner de la plus célèbre de ces *goguettes*, celle des *Joyeux*, à Belleville. C'était fort triste comme repas, et lorsque commençait le triple défilé des chansons, cela ne devenait que plus maussade, par le conflit des rivalités personnelles. Il y a, dans ces sociétés, quelques gens d'esprit et de bonne humeur; ils y sont perdus et fourvoyés. La *Goguette des Joyeux* avait élu domicile à *l'Ile d'Amour*, à Belleville, une des plus agréables tonnelles des environs de Paris, dont l'édilité municipale de la commune vient de faire une mairie.

Les *goguettes* sont nombreuses parmi les ouvriers; elles ne servent point à les divertir, elles ne font que les bercer et les endormir, comme les chansons que les nourrices chantent aux enfants.

L'esprit d'association prit une telle importance dans les mœurs publiques, que le *dîner* ne put suffire à ses grandeurs nouvelles. On créa les banquets.

On en compte de toutes les espèces. A leur tête se place le banquet patriotique; viennent ensuite le banquet militaire, qui a remplacé les repas de corps; les banquets philosophiques, les banquets politiques: ils sont fondés pour honorer ou pour flétrir, pour louer ou pour blâmer; le banquet philanthropique, où l'on mange pour les pauvres qui meurent de faim; les ban-

quets de corporation. La garde nationale a multiplié, au civil
et au militaire, sous les deux espèces, les banquets de toutes
les formes. Les arts ont leurs banquets : l'industrie a ses banquets ; les souvenirs, les collèges et les écoles ont leurs banquets, et enfin les banquets maçonniques, qui font peur aux
petits enfants.

Nous n'avons point à examiner le caractère moral de ces dé-
monstrations, leurs causes, leur but et leur sincérité ; seulement, les banquets tiennent maintenant, dans notre existence
de peuple, assez de place pour qu'il ne nous ait pas été permis
de les omettre : mais nous pouvons affirmer que ces repas ne
sont ordinairement que des dîners détestables, dans lesquels

les mets communs, froids ou
tièdes, déchiquetés en mille
pièces pour la distribution générale, et les vins, que l'enthousiasme ne permet pas de
déguster, forment l'ensemble
le moins attrayant qu'on puisse
imaginer. Dans la conscience
de chacun, un banquet n'est
point un plaisir, c'est une cor-
vée qu'on subit. Les *toasts*
que l'on propose très-sérieusement, les longs discours, et quelquefois les chansons, achèvent l'œuvre dont chaque convive porte
le poids. Une seule espèce de banquet échappe à ces inconvénients, c'est celui qui réunit les vieilles amitiés de l'enfance.
Ceux-là doivent trouver grâce devant notre censure, d'autant

plus que, comme repas, ils ont quelquefois été supportables

Il y a toutefois des banquets fort divertissants par les figures burlesques des convives et les amusantes caricatures de leurs harangues, de leurs transports et de leur allégresse. Une secte fameuse a donné un banquet, il y a quelques années, dans le but de régénérer l'homme par le plaisir, à trois francs par tête

Sous le directoire, on cite le banquet de Saint-Sulpice. Sous le consulat, les cochers de Paris donnèrent un banquet au cocher du premier consul, qui l'avait sauvé de la machine infernale

La vie du bourgeois de Paris qui sont venus visiter les honneurs de la milice citoyenne a de royales journées, celles qu'il passe aux Tuileries : la banlieue de Paris fournit les postes à Neuilly. Aux Tuileries, les officiers supérieurs dinent avec le roi ; les autres officiers dinent chez le commandant du chateau ; à Neuilly, tous les officiers de garde, jusqu'au grade de capitaine, prennent place à la table du roi, ainsi que les chefs d'escorte ; les autres officiers sont reçus par l'adjudant du château. Pour certains officiers campagnards, ce sont là de bonnes aubaines, dont ils profitent largement; c'est aussi, pour la cour, un spectacle plaisant que celui de leur contentement.

Les liens de famille ne sont point aussi relâchés à Paris qu'on semble le croire; il est encore, pour le foyer domestique, des solennités intimes; les têtes des grands parents, les anniversaires des naissances, quelques dates chè res aux souvenirs, et le premier jour de l'année, sont célébrés dans ces diners de famille, où tout est bon, lorsque le cœur veut bien un peu seconder l'estomac. Paris, sous l'enveloppe de son égoïsme exté-

rieur, ne s'est pas débarrassé de tous les sentiments, et il doit a ces émotions des jouissances que les plus vives distractions ne lui ont jamais fait entièrement oublier. Les vieilles mœurs reparaissent, comme la vieille vaisselle qu'on tire de l'armoire pour parer la table.

Le dimanche, pour les familles nombreuses et unies, a quelque chose qui se rapproche de ces jours solennels.

Les *nopces* et *festins* s'en vont; le grand monde n'en veut plus; les nouveaux époux montent en voiture et partent au sortir de l'église. La petite propriété et la classe laborieuse quelquefois aussi les gens de commerce, ont encore la naïveté de fêter le mariage par le diner et le bal.

Les hommes de lettres, poètes et prosateurs, n'ont pas tous

renoncé à ce goût du plaisir et de la bonne chère qui est, chez eux, de transmission immémoriale ; aujourd'hui, comme autrefois, ils aiment à bien dîner : mais plus volontiers chez les autres que chez eux. Dans ces dernières années, la presse a cependant eu de grandes tables ; mais elle est généralement gauche à bien recevoir les gens, et n'a pas le secret des belles réceptions, quel que soit le faste qu'elle y déploie.

On a créé, à l'usage des journalistes, les dîners-annonces. M. le marquis de Custine ayant publié un livre sur l'Espagne, son libraire donna chez l'auteur, par séries, des dîners lettrés à tout le feuilleton. M. Crémieux produisit mademoiselle Rachel à ses dîners, auxquels il invitait les personnages politiques et les écrivains dont il attendait une publicité propice à ses vœux pour le succès de la jeune tragédienne. Il a été fort à la mode d'inaugurer, par un dîner de presse, les établissements de toute nature que l'on voulait tout de suite recommander à la mode.

Le théâtre a encore quelquefois recours à ces moyens, dont rient dans leur barbe ceux auprès desquels on les emploie.

La renaissance de *Némesis* fut annoncée et fêtée dans un dîner chez Véfour. Barthélemy lut, au dessert, le premier chant de la seconde époque.

On invite assez souvent ceux qu'on est convenu d'appeler les hommes d'esprit, pour divertir la compagnie à laquelle on les a annoncés. Ces convives, qui font ainsi partie du menu, ont presque toujours la malice de ne rien dire : il en est même dont l'esprit pousse la vengeance jusqu'à dire des bêtises. Ces

divertissements sont ceux de la banque ; l'aristocratie de quelque goût ne se les permet pas, elle sait que le talent est une
arme à feu, toujours chargée, avec laquelle il ne faut pas jouer.
Un homme d'État, auquel on parlait de quelques orateurs et
de quelques écrivains de l'opposition qui lui résistaient, répondit d'un air dédaigneux : « Quand vous voudrez, je vous les
servirai au dessert. »

Quelques tables se plaisent aussi à employer, comme surtout, les étrangers de distinction et les voyageurs illustres ; les
artistes de renom sont exposés aussi à se voir infliger ces honneurs.

Les hommes de talent que l'on traite ainsi n'épargnent pas
ceux qui les accueillent avec une si insolente bienveillance.
Coupigny, que ses romances et la pêche à la ligne ont tiré de
la foule, disait tout haut : « Mademoiselle Mars est une in-
grate, je dîne chez elle tous les mercredis, je n'en ai pas man-
qué un seul, cette année, et, au jour de l'an, elle ne m'a rien
donné. »

Un homme d'esprit, bien connu dans Paris, était le com-
mensal d'un banquier qui prenait plaisir à le faire causer. L'aimable convive, ayant naturellement emprunté une somme d'argent à son hôte, tout naturellement aussi ne l'avait pas rendue.
L'affaire, remise aux intendants, avait été traitée régulièrement, il y avait billet : on poursuit. Le débiteur épouvanté
cessa de voir son créancier ; le banquier fit appréhender au
corps celui qui le fuyait, et le fit conduire ... à table.

« Monsieur, lui dit-il, entre vous et moi, il sera ainsi tant
que vous ne m'aurez pas payé.

— Au fait, c'est juste, reprit l'autre, vous me devez des aliments. »

Et ce Spartiate moderne qui, pompeusement régalé par Fontanarose devenu satrape, lui dit simplement, après le repas dont le parvenu paraissait fier : « Votre dîner m'a épargné *un franc soixante centimes.* »

Le dîner a ses mystères : alors il fuit l'éclat et le jour ; il ne cherche que le bien-être, mais il le cherche avec ferveur. Tout est disposé et préparé pour un repas sans reproches, dont chaque partie doit avoir son ordonnance et son économie, ses mets et ses vins. Les convives, en petit nombre comme les vrais élus, ont été exacts au rendez-vous ; un vrai gourmand ne se fait jamais attendre ; on mange les plats un à un, chauds et à point. Ces délices, si loin des profanes, ont des trésors de volupté qu'on prolonge avec un art et un goût infinis. Les asiles qui protègent ces joies sont les boudoirs du dîner. Paris est la ville dans laquelle se sont le mieux conservés ces succulents usages, priviléges de quelques estomacs favorisés, et que leur exquise organisation rend dignes de ses bienfaits.

Des savants ont essayé, à diverses reprises, de se faire les prodiges de l'antiquité. On a raconté qu'un gourmand célèbre, l'abbé Margon, ayant reçu du duc d'Orléans une gratification considérable, imagina de la manger dans un souper, qu'il pria le prince de lui laisser donner à Saint-Cloud. L'abbé fit la disposition du repas ; il copia le festin de Trimalcion, Pétrone à la main, et il exécuta avec exactitude cette monstrueuse ripaille.

On surmonta toutes les difficultés à force d'argent : le re-

gent eut la curiosité d'aller surprendre les acteurs, et il avoua
qu'il n'avait rien vu de si original. Ce fait incroyable, lorsque
l'on mesure par la pensée les proportions colossales du modèle,
est cependant attesté dans une traduction nouvelle de Pétrone, par C. H. D. G. Ce que l'on a pris pour l'imitation
d'un grand tableau, ne fut sans doute qu'une miniature.

Toutes ces parodies échouèrent ; en suivant l'antiquité pas
à pas, on ne fit que des dîners impossibles. Le fameux brouet
noir de Lacédémone fut aussi l'objet de quelques études et
d'essais avortés.

Sous le directoire, on exécuta un dîner romain, dont personne n'osa garder la mémoire, tant il fut ridicule ; on y fit
usage des tables longues, mobiles et roulantes, dont se servaient
les Romains, qui en changeaient à chaque service ; il en fallait
trois pour un dîner. Nous avons retrouvé cet usage chez un
riche créole, qui poussait le luxe jusqu'à faire passer les convives d'une pièce dans une autre : la fraîcheur du service nouveau aiguisait les appétits émoussés.

On donne quelques formules de dîners fort simples : madame
la princesse de Liéven ne dîne qu'avec un petit pâté au jus,
une côtelette de mouton et un verre d'eau.

Le *Journal des Modes*, sous l'empire, fit adopter, dans
presque toutes les cours de l'Europe, ce régime qui assurait,
disait-il, cent ans d'existence à ceux qui le suivraient. *Trois
repas* : le premier, le matin, un verre d'eau, sans sucre ; — le
second, à trois heures, un potage gras, six huîtres, une côtelette de mouton, une compote, un verre de vin de Madère ;
— le troisième, en se couchant, un verre d'eau sucrée.

Le dîner a ses drames, en voici un des plus terribles :

C'était après 1850; on se rappelle que, sous l'active direction de M. Harel, et grâce au talent de mademoiselle Georges, l'Odéon prit alors un nouvel essor. La colonie laborieuse, le directeur, la grande actrice, Jules Janin et J.... de la Salle, directeur de la scène, habitaient ensemble une maison, rue Madame. Chacun des habitants de l'endroit élevait un animal : Janin avait une chèvre; M. Harel possédait un cochon, mais le plus aimable cochon qu'on pût voir; aussi le gentil animal faisait-il les délices de son maître qu'il ne quittait jamais; il le suivait à table et dans sa chambre, où il couchait : c'était un cochon à porter des manchettes

Un jour, mademoiselle Georges et Janin tinrent conseil; tous deux admiraient le cochon; ses grâces enfantines, son grognement mélodieux, sa chair rose sous ses soies blanches, sa forme ronde, appétissante et grassouillette. Il fut décidé qu'un tel animal était, par ses charmes mêmes,

destiné au festin; Janin cita plusieurs passages de l'Odyssée, pour prouver que le cochon était, dans les temps héroïques, un manger de demi-dieux : immoler ce cochon, c'était faire un acte méritoire.

Le sacrifice du cochon fut résolu.

M. Harel était absent; on tua la victime.

Le directeur rentra avec un appétit d'enfer ; les répétitions l'avaient affamé. En arrivant au logis commun, il fut surpris de l'air de fête qui régnait dans la maison : le couvert était mis et avait des attraits qui annonçaient l'intention de plaire.

On se mit à table ; des boudins bouillants et des saucisses dorées sur le gril accompagnaient le bœuf ; M. Harel leur fit le meilleur accueil.

Ces mets, qu'il ne quitta qu'à regret, furent suivis par une entrée de ragoût qu'il fêta vigoureusement ; une langue à la sauce piquante vint fort à propos pour rendre à son appétit une énergie qui pouvait faiblir. Enfin, un rôt de porc frais, merveilleusement coloré par le feu, fumant, onctueux et brillant, vint mettre le comble à sa félicité ; tout était tendre, à miracle.

M. Harel, charmé, se félicitait de l'excellente chère qu'il avait faite, et, dans ses extases, il ne s'aperçut pas des sombres regards que Janin et mademoiselle Georges échangeaient en dessous. Pour compléter son bonheur, M. Harel demanda, comme saint Antoine, à voir son compagnon chéri... on hésita.... il eut un affreux soupçon.. Une table toute chargée encore des débris de cette viande !... Il poussa un cri de détresse .. on lui avoua, en tremblant, qu'il venait de manger son cochon... Il eut un instant d'abattement ; puis il dit avec tranquillité :

« Vraiment, je l'aimais bien ; mais jamais il ne m'a fait autant de plaisir qu'aujourd'hui. »

C'était une scène de *Gabrielle de Vergy*.

Le dîner, tel que nous venons de l'envisager sous ses diverses faces dans la vie parisienne, a perdu quelque chose de ses

agréments d'autrefois. Jadis le dîner était toujours un plaisir :
maintenant il est souvent une affaire. Un proverbe italien dé-
fend à l'amour de penser ; nous voudrions que le dîner, libre
d'idée, ne songeât qu'à des sensations : l'appétit et l'esprit
sont les deux seules choses auxquelles il lui soit permis de songer. Nos dîners sont devenus somptueux, ils ont sacrifié à cette
opulence le goût et la délicatesse. La magnificence de nos tables
impose : la gaieté en a peur ; le luxe, lorsqu'il est poussé à
l'excès, engendre l'uniformité : à force de vouloir être de tous les
pays, on finit par n'être plus du sien. Telle est la destinée du
dîner actuel, il n'est plus friand, il n'est plus gai, il n'est plus
varié, il n'est plus d'humeur et d'allures françaises.

Deux choses contribuaient autrefois aux attraits du dîner : on
ne trouvait pas partout ces tristes écuyers tranchants vêtus de
noir, qui, des grandes tables,
sont descendus jusque dans les
régions de la médiocrité, lorsqu'elle se met en gala ; cette
valetaille louée rompt les liens
entre le maître de la maison et
ses convives. Les dîners de nos
pères se prolongeaient au delà de la salle à manger : maintenant, en se levant de table, on s'esquive ; c'est un *sauve qui
peut* général.

Un homme en bonne fortune s'agitait impatiemment auprès
de sa maîtresse :

« Qu'avez-vous, lui dit-elle, à vous remuer ainsi?

— Je voudrais, reprit-il, être sorti, pour pouvoir raconter mon bonheur à tout le monde. »

Il en est ainsi de certaines gens ; il faut qu'ils se montrent à l'Opéra, afin de pouvoir dire tout haut qu'ils sortent de dîner chez madame de . ..

Ce luxe, contre lequel nous nous élevons, a cependant quelque droit à l'indulgence, lorsqu'on pense ce qu'il a fait pour le travail, et aussi à tout ce qu'il y a d'ingénieux dans ses combinaisons. Le ménage le plus mal pourvu, un homme isolé, sans abri, s'ils ont de quoi le payer, pourront, en quelques heures, improviser un dîner ; appartement complet et convenable, table, vaisselle, argenterie, service, *surtout*, vases, fleurs et candélabres, vins, mets et valets, tout lui sera fourni comme par une opération magique. Les bals et les dîners peuvent se commander aujourd'hui comme un enterrement.

Parmi les innovations du dîner moderne, il en est deux qui ne nous semblent pas être d'un goût sûr.

Le nombre des verres placés devant chaque convive n'est point d'un aspect gracieux ; il multiplie la verroterie, embarrasse la table et gêne le buveur, qui hésite et se trouble dans le choix du verre qu'il doit prendre. Nous pensons qu'on ferait mieux d'en revenir à l'usage des verres apportés avec chaque vin, dans ces bassins qui étaient un des plus beaux ornements de la table. On pourrait aussi laisser les bassins aux deux bouts, et l'on prendrait le verre destiné au vin qu'on voudrait boire. Le maître de la maison faisait aussi lui-même les honneurs de vin qu'il voulait recommander particulièrement à ses convives. M. de Talleyrand ne manquait pas à cette coutume : nous l'avons supprimée.

Entre les deux services, il y a ce qu'on appelle *le coup du milieu* : il nous vient de Bordeaux, cette ville qui a un vin pour chaque mets, et un mets pour chaque vin. Le coup du milieu était servi par une jeune fille belle et accorte, elle offrait sur un plateau et dans des flacons de cristal, du rhum de la Jamaïque, de l'absinte ou du vin de Madère : un breuvage tonique et amer. On le boit aujourd'hui avec du vin de Xérès, et mieux avec un sorbet au rhum, qui joint la fraîcheur à la qualité tonique.

Le peintre jeune qui avait dîné comme comédien chez le roi et chez le prince royal, interrogé sur la table qu'il préférait, répondit :

« Chez le roi, il n'y a que deux verres ; chez le duc d'Orléans, il y en a trois »

Le second usage que nous voulons blâmer, est celui d'admettre à table le cure-dents et les bols. Cette double toilette de la bouche, si loin de toutes les convenances agréables et décentes, a fait jeter à nos pères et surtout à nos mères des cris de dégoût, et nous ne sommes

22

pas encore bien aguerris contre ces impressions. Ce garga-
risme final, ce *barbottement* général et cette eau tiède termi-

nent mal un repas, qu'on a tout fait pour rendre attrayant. Il y
a tel convive que cette dernière opération rend peu séduisant.
Les dames font de leur bol une cuvette ; elles trouvent qu'il
est d'un ton parfait de se laver le visage tout entier : il y a
bien peu de coquetterie dans ces manies.

Ce que nous approuvons sans réserve, c'est le changement
de couverts à chaque mets ; ce procédé, venu d'Angleterre, est
actuellement d'un usage général en France.

L'heure du diner se recule de plus en plus ; les tables qui
se piquent de hautes manières ne dinent plus qu'à huit heures ; le théâtre et l'art dramatique se plaignent avec amertume
de ces retards, qui rendent impossibles les soirées de la scène.
La politique, au contraire, qui ne cesse ses discussions qu'à
six heures, reclame ces délais indispensables. On pourrait aise-
ment tout concilier ; les séances législatives commenceraient à
midi et dureraient jusqu'à quatre heures, et l'on pourrait ainsi
se mettre à table à six heures.

« Si cela continue, disait une femme d'esprit, on ne dinera
que le lendemain. »

Les femmes sont formellement exclues des dîners gourmands; elles doivent n'y rien comprendre. Nos dîners graves,
politiques et affairés offrent peu de ressources au déploiement
de leurs graces et de leur esprit, qui perdent toujours quelque
chose à cette gravité. A un certain âge, qu'elles n'avouent
jamais, les femmes sont moins contrariées par les entretiens
sérieux; mais la jeunesse, cette suave parure de nos fêtes,
que peut-elle faire au milieu de ces graves bagatelles?

La *sociabilité*, après le dîner, a encore, dans nos mœurs

récentes, un ennemi mortel : c'est
le cigare, qui élève un nuage de
fumée entre les femmes et les
hommes.

Le cure-dent, le bol et le
cigare! mon Dieu! qu'eût dit
M. de Lauzun?

La civilité puérile et honnête
n'est pas non plus sans avoir
reçu quelques atteintes, dont
nous ne nous plaindrons point; l'égalité sociale y a gagné.
Autrefois, un maître de maison s'adressant à ses convives, ne
leur parlait pas à tous le même langage.

« Monsieur le duc, aurais-je l'honneur de vous offrir du
bœuf?

— Madame la comtesse me fera-t-elle l'honneur d'accepter
du bœuf?

— Monsieur le baron veut-il avoir la bonté de prendre du
bœuf?

« — Monsieur le chevalier, permettez-moi de vous offrir du bœuf.

— Monsieur, prenez du bœuf.

— Messieurs, voulez-vous du bœuf?

— Messieurs, du bœuf. »

Et enfin, au bas bout de la table, et montrant le plat aux convives, on criait de loin : « Bœuf! bœuf! »

La désignation des places aux convives est une chose fort délicate et sur laquelle nous nous abstiendrons d'émettre un sentiment. Il faut, autant que cela est possible, mélanger les hommes et les femmes placés alternativement. A la droite de la maîtresse de la maison, où commence le haut bout, s'assoit le personnage le plus considérable : à la droite du maître de la maison est appelée la femme que l'on veut honorer le plus : les places se succèdent dans cet ordre, à gauche et à droite du maître et de la maîtresse de la maison, et ainsi de suite. Pour éviter la confusion, il faut adopter l'usage d'écrire les noms des convives: cette mesure, outre l'avantage de placer chacun sans trouble, fait aussi connaître les invités et remplace la manière anglaise qui présente chaque nouveau venu par son nom, et en lui nommant les personnes arrivées qu'on lui présente en même temps. Que de cacophonies évitent ces éclaircissements préliminaires !

Le dessert couronne le dîner. Pour composer un beau dessert, il faut être à la fois confiseur, décorateur, peintre, architecte, glacier, sculpteur et fleuriste. Sur toutes les tables, c'est la partie la plus brillante du dîner. On a vu des desserts qui ont coûté plus de 5.000 francs. Ces splendeurs s'adressent

surtout aux regards ; le vrai gourmand les admire sans y toucher. L'éclat du dessert ne doit pas faire oublier le fromage :
à Neuilly, un officier de la banlieue, à la table du roi,
demanda le fromage absent ; on lui en donna.

Nous avons remplacé tous les vieux aphorismes sur le fromage par cette sentence :

« Le fromage est le complément d'un bon dîner et le sup-
plément d'un mauvais. »

Un des hommes les plus *excentriques* fut, sans contredit,
sir Francis, comte de Bridgewater, lord Edgerton, qui habita
si longtemps, à Paris, l'hôtel de Noailles, sur l'emplacement
duquel on a construit la rue d'Alger.

A l'époque où la santé de sir Francis lui permettait de recevoir, le cérémonial du dîner présentait des circonstances curieuses et inusitées chez nous. Milord n'arrivait au salon qu'un
instant avant le dîner, et à peine avait-il fini de saluer, que le
maître d'hôtel annonçait qu'il était servi. Alors milord se plaçait près de la porte, et faisait défiler ses convives les uns
après les autres, répondant par une révérence à la révérence
de chacun. Des valets en nombre égal à celui des convives,
et tenant d'une main une aiguière d'argent, de l'autre une
serviette, donnaient à laver dans une pièce intermédiaire. En
se mettant à table, milord faisait circuler la carte du dîner.
Cette carte était divisée par ordre de service, et comprenait
aussi la nomenclature des vins du jour, et la liste des hors-
d'œuvre, entassés sur une table auxiliaire et permanente
Avant le dessert, il y avait une sorte d'intermède, pendant lequel la table était couverte rien qu'avec des fromages et de la

25

bière forte. Dans le cours du dîner, tous les plats étaient successivement apportés devant milord, qui, suivant le cas, y portait le couteau, la cuiller ou la truelle : après quoi ce plat était
passé au maître d'hôtel, pour qu'il achevât la besogne commencée ou plutôt indiquée par milord. Si l'amphitryon voulait
faire honneur à un convive, il le servait lui-même, avant de
faire circuler le plat autour de la table.

Voici quelques détails sur la réception de notre ambassadeur
en Chine, et sur le banquet qui a été donné à notre légation
par le commissaire impérial. C'est un des *attachés* qui parle.

« Ki-ing, commissaire impérial, vice-roi de Canton, prince
et parent de l'empereur, est arrivé à Macao, le 29 septembre,
dans l'après-midi ; il s'est reposé le 50, puis est venu, le lendemain, en grande pompe, faire sa vi-
site à l'ambassa-
deur de France,
chez lequel il s'é-
tait fait précéder,
la veille, par son
portrait de gran-
deur naturelle.

Son cortége était
ouvert par cent
cinquante lanciers
à pied, et fermé
par des cavaliers
mantchoux armés
d'arcs et de sa-
bres, mais fort
mal montés. Nous

étions tous en grand uniforme, par une chaleur de 52 degrés.
Dans cette première entrevue, les témoignages de considéra-
tion et d'amitié ont été échangés à profusion. Ki-ing et M. de
Lagrenée se sont embrassés plusieurs fois.

« Le surlendemain (5 octobre), à une heure de l'après-midi,
nous sommes allés rendre au commissaire impérial la visite dont

il nous avait honorés. Ki-ing était logé dans la pagode du village de Wanghia, à une petite distance de Macao. Outre le personnel de l'ambassade au grand complet, M. de Lagrenée avait admis dans son cortège une douzaine d'officiers de la flotte française.

« Nous étions tous en chaises à porteurs. Après des compliments réciproques, Ki-ing a pris M. de Lagrenée par la main, et nous sommes tous entrés dans une salle à manger où nous attendait un festin splendide servi dans le goût chinois au milieu de fleurs et de feuillages. L'ordonnateur de ce banquet avait eu l'attention de faire placer des fourchettes et des cuillers à côté des baguettes chinoises ; mais, en hommes de savoir-vivre, nous nous sommes à peu près exclusivement servis des baguettes. Les vins de Champagne, Roussillon, Porto, Madère, circulaient sur la table.

« On a débuté par des sucreries, puis on a servi à chaque convive un gateau ayant la forme de quatre mots chinois, signifiant : Amitié de dix mille ans entre la France et la Chine. Ce souhait a été accueilli par des applaudissements. C'est alors que l'on a commencé à porter des *santés*, elles se succédaient de façon à menacer sérieusement les nôtres.

« Ki-ing avait à sa gauche M. de Lagrenée ; à sa droite, M. le contre-amiral Cécile. Houen, trésorier général de la province de Canton et mandarin de première classe, était assis à la gauche de l'ambassadeur ; trois autres mandarins avaient pris place à table ; Ton-lm, un des quarante académiciens de Pékin ; Tohao, gros et grand Mantchoux de la tournure d'un brigadier de la garde municipale, et sous-préfet de Canton ; Panthin-chen-tin-oua, mandarin honoraire, fils d'un ancien

marchand hong de Canton, qui a lui laissé des richesses immenses. Je me trouvais placé entre ces deux derniers. Quant
à l'académicien, il était placé à
l'autre extrémité de la table, et
il s'y prenait si bien pour exciter
à boire, que, vers le milieu du
dîner, il était ivre, et qu'on dut
l'emporter. Cet épisode a donné
lieu à une foule de scènes des
plus grotesques.

« Ki-ing était très-expressif, il provoquait à boire M. de Lagrenée, puis, quand il avait vidé son verre, il le renversait
pour montrer qu'il avait tout bu, et l'égouttait dans les verres
de ses voisins, qui en faisaient à leur tour autant. Une grande
politesse, chez les Chinois, c'est de prendre sur la table un
morceau entre les deux baguettes nationales, et de le mettre
dans la bouche de la personne
que l'on tient à honorer. Ki-ing
le fit à plusieurs reprises à M. de
Lagrenée et à l'amiral Cécile;
son voisin, le Mantchoux, me
donna aussi ce témoignage de
considération et d'amitié.

« On a servi, dans le courant du repas, des nids d'hirondelles, des vers de mer, des ailerons de requin, des holoturies,
des champignons au roux, etc., etc., toutes fort bonnes
choses, je vous assure, assaisonnées du porto et du champagne
que nos hôtes nous servaient avec l'empressement le plus en-

gageant. Mon voisin le Mantchoux me montrait incessamment son verre plein et vide en signe de provocation; aussi, de jaune qu'il était dans son état naturel, son teint avait pris une couleur empourprée des plus réjouissantes. Avant de nous lever de table, on a servi le thé mantchoux, amer et sans sucre. Puis on en est venu aux protestations de la plus vive amitié. « La Chine et la France ne font plus qu'un, » s'est écrié Ki-ing. Enfin, après quatre heures de rasades, on s'est séparé, enchantés les uns des autres. »

Le dîner arabe a aussi son originalité. Un voyageur raconte ainsi un de ces repas, offerts par l'hospitalité africaine.

« . .. Après avoir marché une grande partie du jour sous le ciel embrasé de l'Afrique, nous nous trouvâmes à la porte d'un santon célèbre dans tout le pays pour sa sainteté et son hospitalité. Il nous reçut courtoisement, et nous offrit un splendide dîner, qui faillit avoir, pour moi, des suites fort désagréables. Après le couscoussou et le mouton accommodé au suif de bœuf, on servit deux plats que je ne reconnus pas : l'un était un rôti que je pris pour une épaule d'agneau, l'autre une friture que je crus être d'un légume à moi inconnu. Le tout était accompagné de petits pains d'une sorte de pâte roussâtre et molle, et je les trouvai fort bons ainsi que le reste. Un instant après, on nous servit du même légume en salade, à la saumure, et bouilli au vinaigre. De cette dernière manière, il avait assez bien conservé sa forme; j'en pris un morceau entier, je l'examinai avec attention : mon estomac frémit, la pâleur me monta au visage, mon cœur bondit, et une sueur froide me découla du front. Hélas! hélas! je venais de reconnaître à ce prétendu

24

legume des pattes, des ailes, des antennes et une tête munie de
fortes mandibules.... C'était une sauterelle. La friture, la salade, le bouilli, et jusqu'aux petits pains, tout cela était composé de ces insectes grillés, bouillis, frits, ou séchés et pétris
en gâteaux, selon l'usage de ces peuples barbares. Le santon
s'aperçut de l'horrible dégoût que m'inspiraient ces mets lorsque j'en eus connu la nature.

« Les Arabes, les Tartares, les Egyptiens et tous les peuples de la Barbarie, me dit-il avec gravité, font un commerce
considérable de ces insectes, qu'ils regardent comme une excellente substance alimentaire. Ils les conservent séchés ou
dans la saumure, et ils en inondent tous les marchés du nord
de l'Afrique. Je croyais vous faire plaisir en vous en présen-
tant; mais, ajouta-t-il avec bonhomie, puisque vous n'aimez
pas les sauterelles, retournez à l'épaule de chien. »

« Et du doigt, il me montra cet excellent rôti dont j'avais
déjà mangé les trois
quarts. A ces derniers
mots, mes cheveux se

hérissèrent sur mon
front: n'y tenant plus,
je me levai et m'enfuis
dans le jardin, où je
faillis mourir d'une in-
digestion, en maudis-
sant l'hospitalité des
peuples acridophages. »

Il est une coutume adoptée par plusieurs tables d'élite, c'est celle de distribuer aux convives le menu, la carte, le programme du dîner. C'est un usage suivi dans les cercles et dans les grandes tables d'hôte ; il nous vient de Russie. Dans les dîners russes, les mets ne paraissent pas ; les convives ne voient que le dessert, les ornements et le surtout : les plats sont servis sans être montrés.

Nous citerons comme modèle, le *menu* offert à la reine d'Angleterre par M. Staples, ordonnateur du banquet, déjeuner donné à Sa Majesté, à l'occasion de l'inauguration de sa nouvelle Bourse ; il était d'un goût exquis.*

Sur un fond de satin blanc, était gravée, sur acier, la vue de la nouvelle Bourse, avec la statue du duc de Wellington sur le premier plan. La carte des mets occupait le centre, et de chaque côté s'étendaient des guirlandes d'initiales V. R., en or et en couleur. Le *menu* était entouré d'une riche bordure d'or émaillée de pourpre et de cramoisi ; une superbe frange, formée par le satin, enchâssait le tout.

Addison cite, dans le *Spectateur*, un inconcevable exemple des *faiblesses* d'un estomac. Nous laisserons le malade exposer lui-même les détails de son hygiène et de son alimentation.

« Après avoir lu l'excellent discours de Sanctorius, qui me tomba, par hasard, entre les mains, je résolus de suivre sa méthode, et d'observer toutes ses règles, que j'aurais recueillies avec beaucoup de soin. Tous les gens de lettres savent que cet habile homme, pour mieux faire ses expériences, avait inventé une certaine chaise mathématique si artificieusement suspendue en l'air par des ressorts, qu'on y pouvait tout peser, comme à

des balances. De cette manière, il savait combien d'excès de sa
nourriture se dissipait par la transpiration, quelle quantité se
convertissait en sa propre substance, et ce qui s'en allait par
les autres voies de la nature.

« Après m'être muni d'une de ces chaises, je m'accoutumai
à y étudier, manger, boire et dormir ; en sorte qu'on peut dire
que, depuis trois années, j'ai vécu dans une paire de balances. Suivant mon calcul, lorsque je suis en parfaite santé, je
pèse exactement deux cents livres ; j'en perds une, ou environ,
après avoir jeûné un jour, et j'en acquiers une de plus après
avoir fait un bon repas ; ainsi, je m'occupe toujours à tenir la
balance égale entre ces deux livres volatiles de ma constitution. Dans mes repas ordinaires, j'augmente mon poids jusqu'à deux cents livres et demie ; et, si, après avoir diné, il me
manque encore quelque chose, je bois tout juste autant de petite bière, ou je mange telle quantité de pain qu'il faut pour
arriver à ce poids. Dans mes plus grands excès, je n'y ajoute
que l'autre demi-livre, ce que je fais, pour ma santé, tous les
premiers lundis de chaque mois. Lorsque, après le diner, je me
trouve bien et dûment balancé, je me promène jusqu'à ce que
j'aie transpiré la valeur de cinq onces et quatre scrupules. Si
je découvre, par ma chaise, que j'en suis réduit à ce point, je
m'attache à mes livres, et je dissipe trois onces et demie de
plus à l'étude ; pour le reste de la livre, je n'en tiens pas
compte. Je ne me règle jamais sur les heures, pour diner ou
souper ; mais si ma chaise m'avertit que ma nourriture est
épuisée, je conclus de là que j'ai faim, et je la répare en toute
diligence. Dans les jeûnes particuliers, je perds une livre et

demie de mon poids; et, dans les solennels, il m'en coûte bien deux livres.

« Ma dose de sommeil, une nuit portant l'autre, est d'un quart de livre, à quelques grains de plus ou de moins; et si je trouve à mon lever que je ne l'ai pas toute consumée, je prends le reste sur ma chaise. Suivant un calcul exact de ce que j'ai perdu ou acquis, l'année dernière, à l'égard du poids que j'enregistre toujours dans un livre, je trouve qu'il est revenu d'ordinaire à deux cents livres; de sorte que je ne crois pas que ma santé ait diminué d'une once dans cet intervalle. Quoi qu'il en soit, malgré tous les soins que je me donne de me bien lester tous les jours, et de tenir mon corps dans un juste équilibre je me vois réduit à un état faible et languissant: je suis devenu pale, j'ai le pouls inégal, et je suis menacé d'hydropisie. »

Un dîner russe. C'était chez un prince; les convives étaient au nombre de quarante: après avoir traversé, entre deux haies de valets richement vêtus, plusieurs salons, on arriva dans la galerie de tableaux, où l'hôte reçut les personnes invitées; nulle d'entre elles ne fut annoncée. A six heures, on se rendit dans une autre galerie; la table était couverte d'un magnifique surtout chargé de fruits et de fleurs. Les mets ne paraissent pas. Lorsque tout le monde est assis, de cinq minutes en cinq minutes, les plats sont présentés. Un maître d'hôtel très-expéditif découpa lestement, sur le buffet, le quartier de bœuf de l'Ukraine, le veau d'Archangel, le sterlet du Volga et la dinde du Périgord. Tous les plats sont doubles: le domestique est nombreux; on est servi chaud et promptement.

25

Les mets sont si multipliés, qu'il serait difficile de renouveler, pour chacun d'eux, l'argenterie et le vermeil. Les gens, afin d'aller plus vite, ne lavent pas les couverts, ils se contentent de les essuyer : on a vu des dames défendre leurs couverts contre les valets, et échapper ainsi au danger de se servir de la fourchette de leur voisin.

Les vins de choix paraissent dès le commencement du repas ; une bouteille, que le maître d'hôtel place devant un convive, lui indique qu'il doit porter ses *toasts* avec le vin qu'elle contient, et que l'on recommande à la délicatesse de son goût.

Les grands diners russes sont presque toujours accompagnés par une musique bruyante, qui étourdit la conversation ; il n'y a pas d'entretien possible.

Les primeurs sont très-recherchées sur les tables moscovites ; on voit, au dessert, des arbres entiers ; on cite un cerisier, servi en hiver, chargé de fruits que l'on cueillait. Cette fantaisie coûtait 1,800 roubles. Presque tous ces phénomènes sont sans saveur. Un ambassadeur, auquel on avait servi des asperges au mois de décembre, disait : « Mes yeux affirment que je mange des asperges, mais mon palais n'en convient pas. »

Les jours de grandes fêtes, les princes malabares, et spécialement le samorin de Calicut, font des festins où tout le pays est invité. La profusion des mets, plutôt que leur délicatesse, rend ces repas fort coûteux. Il n'est pas rare d'y voir des conviés se surcharger tellement l'estomac, qu'ils en meurent. Cet événement n'est regardé que comme une plaisanterie ; et pour vanter la magnificence d'une fête, on compte le nombre des personnes qui en sont mortes.

Le diner ne peut échapper à l'influence des saisons. Il fleurit en hiver; il maudit le printemps qui le met au vert; pendant l'été, retiré dans ses chateaux, il vit d'épinards et de pigeons, pour réparer les brèches de l'hiver; en automne, il espère et il salue les prémices de la chasse.

\

DES GENS QUI NE DINENT PAS.

Catégories, la faim à Paris, tristes réalités, indigence et malheur, illusions détruites, les ouvriers sans travail, boîte de secours, les bohémiens, un contraste. — Jeunes filles, insouciance et misère, un diner sur l'escalier, le vol-au-vent, un abri, les trois comédiens, l'enfant, le gigot et les petits gâteaux, heroisme, un prix d'honneur, le morceau de pain, la prison pour manger.

N homme d'esprit travestit ainsi, un jour de jeûne forcé, ces vers de Racine:

les petits des oiseaux il donne la pature
Et sa bonté s'arrête à la littérature

Le chiffre des individus qui se lèvent, le matin, sans savoir s'ils dineront le soir, est fort élevé à Paris, mais plus considérable encore est le nombre de ceux qui ne dinent pas du tout.

Cette détresse, dont les gens repus soupçonnent à peine l'existence, ne frappe pas seulement sur ceux que le vice, l'oisiveté et la délicatesse ont réduits à cette extrémité; ceux-là trouvent toujours leur pâture ; ils l'obtiennent de la pitié qu'ils ne rougissent pas d'invoquer, ou bien ils savent la conquérir par la force, par l'adresse et par la fraude ; s'il le faut, ils la demanderont aux immondices de la rue, et la disputeront aux chiens perdus. Ces souffrances ne sont point celles de l'escroc et du fripon qui demandent à leur impudence et à leur habit le pain quotidien, et qui emporteraient plutôt le couvert du restaurateur que de se passer de diner. Il existe aussi des affamés de bonne foi, et qui sont ingénieux et féconds en expédients. Addison parle d'un homme qui avait le talent de se procurer trois diners par semaine, en laissant entrevoir à ses hôtes l'espérance d'un héritage, et trois autres, en invitant lui-même ceux qu'il savait occupés d'un dîner offert à quelques amis. Le vaudeville, né malin, mais devenu cruel, s'est moqué sans pitié de ces pauvres hères qui cherchent leur bien-être sans nuire à celui des autres.

Les lettres, les arts, tout ce qui se voue au culte de l'idée et de l'imagination fournit à la population famélique de Paris un contingent énorme. La faim, qui éprouve si souvent le talent, porte aussi sa main sur le génie. A voir les gros salaires que rapportent quelques productions de l'intelligence et de l'art, on se raille et on se joue des misères des artistes, des écrivains et des poètes du temps passé : on range aujourd'hui ces disgraces dans le domaine de l'idéal : elles ne sont, hélas ! que trop réelles : pour bien comprendre ce qu'il y a de douleurs dans ces limbes de Paris, il faut les avoir traversés.

Tout se heurte dans cette ville des extrêmes : l'indigestion et la faim se touchent. Ne dites plus que Chatterton, Gilbert

e Malfilâtre ne peuvent se rencontrer parmi nous. Hier, ils
é aient au milieu de vous, et vous les avez laissés mourir de
faim !

L'indigence, lorsqu'elle s'attache à ceux qu'elle a façonnés
de bonne heure à ses coups, a aussi préparé leurs cœurs pour
cette situation ; d'ailleurs, le pauvre vient au secours du pauvre, ainsi que l'a dit le poete, ils s'aiment entre eux. Si, dans

l'homme que le vice a conduit à cette extrémité, tout instinct
noble, sensible et généreux est éteint, la souffrance physique
reste seule. S'il arrive qu'une éducation libérale et élevée ait
fécondé le germe des qualités nobles ; s'il arrive qu'une telle
organisation ait grandi par l'étude, et que le talent l'ait ré-
chauffée par sa flamme vivifiante, et qu'elle soit tout à coup
atteinte par le fléau : ces éléments précieux, repoussés par le
monde intellectuel, sont incapables d'agir dans l'ordre matériel,
ils tombent et sont étouffés par les étreintes du besoin et d'une

26

inexorable nécessité. Dans la jeunesse ardente, qui accourt à
Paris de toutes les parties de la France, que d'existences ainsi
misérablement anéanties par cette lente agonie qui épuise les
forces de l'âme et celles du corps, et tue celui qui ne peut
plus résister à ces maux.

Sans doute, il faut attribuer aux égarements de la pensée,
à de funestes illusions et aux erreurs de la vanité, une partie
de ces malheurs : mais n'est-il donc aucun moyen d'arracher
ces malheureux insensés à cette horrible situation ?

Vieillis avant l'âge, pâles, minés par le chagrin, par le désespoir et par les privations, ils errent çà et là, dardant leurs
regards de convoitise sur cette ville si riche de toutes choses et
si avare d'une parcelle de ces biens dont elle regorge. Assu-
rément un mot les sauverait ; il est encore des cœurs bons
et bienfaisants ; mais comment dire ce mot contre lequel se
soulève tout ce que la nature et l'édu-
cation ont mis de fierté dans le cœur.

On souffre en silence : on craint
même d'exciter la pitié, et bien souvent, c'est sous les apparences de
l'aisance qu'on éprouve ces tortures.

C'est une position fréquente à Paris, parmi ceux qui attendent des travaux de l'esprit une existence qu'ils
ne peuvent recevoir du travail des
mains.

La situation des ouvriers sans tra-
vail est tout aussi digne d'intérêt que celle de ces infortunés.

Les catastrophes si nombreuses du jeu augmentaient singulièrement le nombre des accidents subits qui enlevaient aux
joueurs malheureux toute chance de repos. Pour ces infortunes
soudaines, il y avait, dans chaque maison de jeu, une caisse
de miséricorde, que l'on appelait *Boîte de secours pour les
asphyxiés, noyés ou blessés.*

Quant aux hordes bohémiennes, ombres vagabondes, sans
asile et sans pain, que charrie, prend et rejette le cours
fangeux de la débauche, la société n'a contre leurs mauvaises
pensées et contre leurs criminelles intentions qu'un seul
devoir à remplir : le droit de légitime défense.

Par un contraste bizarre, c'est dans les lieux les plus

opulents qu'on voit se rassembler,
se montrer et se traîner ces vétérans de la misère parisienne. Cho-
drue-Duclos ne quittait les galeries
et le jardin du Palais-Royal que
pour aller au boulevard des Italiens
et à la Chaussée d'Antin. Tous les
disciples de ce Diogène ont suivi
cet exemple : on voit ces bandes
de gueux infester les promenades :
le Palais-Royal en est rempli.

Une autre classe, que nous ne savons comment qualifier,
c'est celle de ces jeunes filles, à têtes folles, à la perversité
précoce, qui renoncent au travail pour se livrer aux franchises
du plaisir. Chez elle, tout est incertitude : il est vrai que leur
insouciance ne sait ni prévoir ni souffrir. Quand la triste *fil-*

lette, dans ses jours de solitude et d'abandon, a grignoté sa
dernière croûte, croqué sa dernière noisette, visité les profon-
deurs de son pot de confitures, et mangé son dernier pruneau ;
lorsque la pauvrette, cigale imprévoyante, a été quêter chez la
femme, sa voisine, alors elle se prend à pleurer, car elle a
faim, cette enfant qui a quitté sa mère. Qu'une compagne
vienne la voir, qu'elles se content l'une à l'autre leur mutuelle
détresse ; que d'autres surviennent, toutes cherchant aussi le
vivre ; la troupe folâtre sèche ses larmes, rit aux éclats, et ne
songe plus qu'à imaginer quelque bon tour qui doit leur procurer à dîner.

On se consulte pour savoir si toutes ont épuisé leur crédit
dans le quartier ; celles qui ont encore quelques brins de corde
à leur arc s'aventurent à aller commander un dîner chez le
gargotier voisin, en commandant bien haut d'apporter la carte
en même temps que les plats. Le marmiton, qui est ordinairement un enfant, s'avance avec sécurité ; par la fenêtre et
du haut de l'escalier, on le guette, on l'aperçoit, on le signale.
A peine est-il parvenu à l'endroit indiqué, qu'on l'entoure, cha-
cune prend un plat ; celle qui a ordonné le dîner s'empare de
la carte, elle a l'air de compter, et met la main à la poche,
lorsqu'une de ses compagnes s'écrie :

« Il n'y a pas de pain !

— Faites excuse, mesdemoiselles, dit l'enfant, j'en ai apporté. »

Ici l'on engage une dispute, pendant laquelle la compagnie
prend son vol, et le marmiton éploré redemande ses plats qu'on
ne lui rend qu'en les brisant à ses pieds.

Ce dégât est payé plus tard, en un pour de fortune, à un prix qui apaise toutes les plaintes.

Une autre fois, dans une maison de la rue Neuve-Saint-Georges, mademoiselle Amanda, en descendant, a entendu le domestique du second étage qui a dit à la portière :

« Nous avons du monde à dîner, je vais commander un vol-au-vent. »

L'agréable nouvelle est aussitôt portée dans les mansardes ; de cinq à six heures, les vedettes s'établissent au rez-de-chaussée, au premier et au second étage. Le vol-au-vent arrive, on le laisse grimper, pour échapper aux regards de la portière ; sur l'escalier, il rencontre une jeune et jolie bonne qui s'en empare, avant que l'estafier qui le porte ait eu le temps de se reconnaître, et, d'en haut, on lui crie :

« C'est bon ! »

Le vol-au-vent, ainsi confisqué, est dévoré en un instant, et laisse le dîner du second étage dans une attente qui désole le maître de la maison, sa femme, ses convives, ses enfants et ses valets ; pendant que l'imbroglio se dénoue, sous les toits on rit tout bas en se léchant les lèvres.

27

Contre ces vicissitudes les pauvres filles ont des abris. Il est, de par le monde parisien, un vieux voluptueux qui tient table de charité pour la galanterie réduite aux abois ; un dîner, au-dessous du médiocre, et composé comme ceux du seigneur Har-pagon, accueille les estomacs souffrants. Sa table est bien con-nue, elle est très-fréquentée, il y voit venir des femmes que la fortune a jadis exaltées ; pour trouver affables et humaines les beautés les plus superbes, il ne lui en coûte qu'un dîner. C'est un avant-goût de la béatitude que nous promet le ciel, pour un verre d'eau donné en son nom.

Les comédiens et les auteurs sont sujets à ces accès de pé-nurie. Lepeintre aîné, Martainville et Monrose sortaient du bain froid, n'ayant pour apaiser une faim atroce que quarante centimes. Ils marchaient tête baissée : les yeux de Martain-ville avisent des jambes qui appartenaient évidemment à un jeune pâtissier, de ceux auxquels on donne le nom de *patro-net* : il se relève, et il aperçoit distinctement un gigot sortant du four, que portait sur une plaque de fer-blanc ce charmant enfant ; il l'accoste brusquement :

« Ah ! te voilà enfin, lui cria-t-il... Et les petits gâteaux, où sont-ils ? »

L'enfant reste ébahi.

« Va les chercher, imbécile. »

Le galopin court d'un côté, les maraudeurs se sauvent de l'autre et se réfugient chez un marchand de vin.

Nous citerons quelques exemples d'une résignation héroïque. Un homme instruit, mais qu'un désordre permanent a plongé dans les abîmes de la misère, s'était résigné, afin de satisfaire sa passion pour l'eau-de-vie, à ne dîner qu'une fois tous les deux jours; quelquefois même sans la certitude de pouvoir le faire. Si, dans l'intervalle de ces dîners, on l'invitait, il répondait bravement : « Ce n'est pas mon jour, je ne mangerai pas, j'accepterai toute l'eau-de-vie que vous voudrez bien m'offrir. »

Lorsque le dîner venait à lui manquer au jour désigné, il se regardait à la glace, et il débitait ce petit monologue :

« L'œil est bon; le teint n'est pas mauvais, le chapeau tient; je n'ai pas dîné hier, je ne dînerai pas aujourd'hui, peut-être pas demain... tra la la... la la . » Il chantait en sautant devant la glace.

Il disait quelquefois : « On peut se coucher sans souper; mais sans déjeuner, c'est autre chose »

C'était un prix d'honneur.

Un étudiant en médecine ne vivait que de pain dans le cours de ses études. Un jour, le pain lui manqua, il se rappela que, la veille, il avait jeté, sur le boulevard des Invalides, un morceau de pain dont il ne voulait plus; il alla à sa recherche, et ne le trouva pas. La pensée que peut-être une autre personne, aussi affamée que lui, l'avait ramassé, le consola, et il souffrit sans se plaindre.

Il est devenu un des professeurs les plus distingués et doyen d'une des facultés de médecine du royaume.

Quel que soit le point de vue sous lequel on envisage ces faits, plaisant ou magnanime, il n'en est pas moins lamentable que, dans la capitale d'une grande nation, il y ait de telles souffrances. On voit des hommes se livrer eux-mêmes à la justice, en avouant des vols qu'ils ont commis par désespoir.

pour échanger une liberté sans pain contre la pitance de la prison.

VI

LE DÉJEUNER.

Le dîner reste seul, le déjeuner dînatoire, ses désagréments — Napoleon et les artichauts. — Louis XVIII à déjeuner, les beaux déjeuners, déjeuners militaires, le déjeu-
ner du café Desmares, le déjeuner et l'Académie, déjeuners de garçons, la classe
moyenne, la classe laborieuse les déjeuners de Paris, les études, mystères du déjeuner, un déjeuner d'artistes, un déjeuner de chasseurs anglais et français, l'hymne du
déjeuner, ses inconvénients — *Comment déjeuner ?*

S'il est vrai qu'il y ait eu autrefois quatre repas, et qu'on les retrouve encore dans quelques provinces, il faut reconnaître que les estomacs de nos pères étaient robustes, comme leurs poitrines, et que leur régime accablerait notre faiblesse comme leurs pesantes armures brisent nos membres. Ainsi que nous l'avons dit, depuis la révolution de 1789, des quatre repas d'autrefois, deux seuls sont restés : le déjeuner et le dîner, encore peut-on dire que le dîner seul est sérieux.

Un jour, le déjeuner eut une ambition de Titan ; il voulut détrôner le dîner, et, nouvel Hécatonchyre, il dressa table sur table pour escalader le ciel ; ce fut sous l'empire, lorsque l'on vit naître et grandir cet être metis, informé et bizarre qu'on appelait *déjeuner dînatoire*, repas aussi barbare que son nom.

Nous n'avons jamais bien compris ce que se proposait cette coutume impudente qui se plaçait entre deux habitudes, pour les détruire toutes deux, sans rien garder ni de l'une ni de l'autre. Le déjeuner dinatoire n'était plus un déjeuner; ce n'était pas encore un diner.

Ce repas fit les délices des premiers commis de la bureaucratie impériale qui l'inventèrent, pour jouir en pleine liberté des loisirs de la soirée; quelques-uns prétendent que ces dispositions furent adoptées, afin qu'on pût consacrer sans empêchement les heures du soir au spectacle. Quoi qu'il en soit, des bureaux, il passa dans le monde.

On se mettait ordinairement à table, pour commencer le déjeuner dinatoire, vers une heure. Il n'y avait point de potage, point de pièce bouillie; la table était couverte d'entrées froides et de hors-d'œuvre froids; on servait en *ambigu*, il n'y avait qu'un seul service. Les côtelettes de mouton, le boudin et les saucisses suivaient immédiatement les huitres, qui commençaient toujours le repas. Rien n'était plus triste que cette table sans bougies; si les convives restaient calmes, il n'y avait point de gaieté; s'ils s'animaient, le fard de l'ivresse, qui, aux lumières, donne au visage une vie nouvelle, était hideux.

Les femmes, nous parlons de celles qui comptent pour quelque chose dans la société, prenaient rarement part à ces déjeuners; ce repas se prolongeait jusqu'à l'entrée de la nuit. Pour plusieurs, il était un véritable accident; il embarrassait toute une journée; pour d'autres, il était fatigant. Un des inconvénients les plus graves de ces arrangements, c'était de rejeter les convives, qui sortaient de table, dans un monde qui commençait à diner; leur déconvenue était extrême; et, peu-

dant plusieurs heures, les théâtres n'étant pas encore ouverts, ils se promenaient à l'aventure.

On se donnait généralement beaucoup de peine pour être gai dans ces déjeuners dinatoires, auxquels on a tout à fait renoncé.

Nous ne savons comment il est arrivé que les petits chroniqueurs aient attribué au déjeuner presque toutes les historiettes *mangeantes* du palais impérial. Nous n'en avons retenu qu'une seule, dont le côté philosophique nous a toujours séduit. On déjeunait chez Duroc, le grand maréchal du palais ; on mangeait des artichauts ; l'un les mettait à la sauce, un autre les préférait à l'huile. Napoléon, qui survint, prit une feuille qu'il mangea, sans sauce et sans huile, sans poivre ni sel : tous les déjeuneurs témoignèrent leur admiration, et le plus considérable d'entre eux s'écria :

« O grand homme ! vous ne faites rien comme les autres ! »

Voilà ce que nous avons lu, très-sérieusement imprimé, dans plusieurs livres.

De la restauration, nous ne savons du déjeuner qu'une seule chose ; c'est que Louis XVIII faisait lui-même les honneurs de ce repas. Chaque matin un bassin d'œufs à la coque était servi sur la table du roi, qui les offrait lui-même aux personnes invitées, c'était aussi le seul repas où l'on pût s'asseoir à la table du roi, sans être de la famille royale.

Aux Tuileries, il n'y a plus de déjeuners : ce repas n'est plus qu'une simple collation que chacun prend à son gré.

Chez quelques ministres, chez quelques grands fonctionnaires, dans les hôtels qui se piquent d'aristocratie et d'opu-

lence, chez les bourgeois aisés, on sert encore le déjeuner, avec
moins d'appareil qu'autrefois, mais très-confortablement. Ces
honneurs sont rendus aux gens qu'on veut avoir et qu'on ne peut
pas inviter à dîner. Quelquefois le déjeuner est un repas d'affaires, un rendez-vous, une entrevue confidentielle : les maîtres
de la maison font ordinairement les honneurs du service presque sans y toucher. Du fameux *déjeuner* du café Desmares est
sorti tout le haut personnel politique de la restauration ; un
journal, le *Déjeuner*, a fait entrer à l'Académie tous ses rédac-
teurs.

Lorsque les garçons, c'est-à-dire les gens qui ne sont pas mariés et vivent sans ménage, déjeunent chez eux, ils mangent
peu, seuls, vite et sur un plateau. Dehors, ensemble, ils mangent bien, délicatement, beaucoup et longtemps.

Il existe encore à Paris quelques beaux déjeuners, mais
chez les restaurateurs seulement : nous en parlerons en leurs
lieu et place. Aux matinées dramatiques de l'hôtel Castellane,
on faisait passer sur les plateaux, comme déjeuner, un souper
de bal des plus complets.

Le déjeuner est le repas de prédilection des militaires, dont
les habitudes matinales aiguisent l'appétit de bonne heure ; ils
en usent largement, et les chefs tiennent volontiers table le
matin : les officiers généraux ont presque tous une excellente
réputation en ce genre. Feu le général Pajol avait des déjeuners
remarquables.

La classe moyenne déjeune invariablement avec les restes
du dîner.

La classe laborieuse, les ouvriers, mangent volontiers le maun ; c'est un de leurs meilleurs repas ; un aliment chaud leur est nécessaire ; plusieurs d'entre eux, par économie, achètent des fruits ou de la charcuterie, ou apportent de la viande froide sur

leur pain, qu'ils entament en se promenant. Il y a des bandes d'émigrants qui viennent des provinces à Paris pour manger de la charcuterie et du pain blanc.

Le déjeuner est le lien de plusieurs affaires ; à Bercy, à l'entrepôt des vins, et aux environs des halles et des grands marchés, les entrepreneurs de batiments ne concluent rien sans déjeuner.

Les variétés du déjeuner, sans avoir d'importance réelle, sont très-nombreuses.

Le déjeuner qui met en émoi le lever de Paris, depuis la loge de la portière jusqu'à la mansarde ; les visites du matin

chez l'épicier, les causeries autour de la laitière, et les femmes de ménage si affairées pour le café de monsieur, et les vieilles femmes qui crient, et les petits chiens qui aboient ; pendant une ou deux heures, c'est un étrange tumulte de mouvement, de paroles, de querelles et de disputes.

Le déjeuner des études est aussi une importante affaire. Le premier clerc va déjeuner au café voisin ; pendant ce temps, le petit clerc, pourvoyeur ordinaire, visite le charcutier et la fruitière, et fait les provisions communes, sur lesquelles il prélève la dîme ; le petit clerc a toujours un portefeuille pour y glisser quelques tranches de saucisson. Et quelle variété d'aliments, depuis le triangle aigu du fromage de Brie jusqu'à la saucisse qu'on fait griller au poêle, jusqu'à l'altière tranche de jambon, brillante de gelée comme d'une parure de pierreries jaunes et transparentes.

Quant au patron, il a rempli son devoir lorsque la servante a apporté à l'étude le pain de quatre livres et la bouteille de vin. Ces déjeuners judiciaires ont une hiérarchie : les notaires sont plus généreux que les avoués, on déjeune mieux en première instance qu'en appel; chez les huissiers, on ne déjeune presque pas; chez les avocats, on ne déjeune pas du tout.

Les mystères du déjeuner n'ont pas le charme et les attraits que nous avons trouvés dans les boudoirs du dîner; ceux-ci ne se composent que de délices, ceux-là ne connaissent que les privations: c'est la flûte avec le verre d'eau de l'étudiant ou du surnuméraire; c'est, pour quelques-uns, le grand air, et pour d'autres, l'espoir de dîner.

Pour les artistes, le déjeuner n'est point une règle, c'est une exception; ils l'aiment, non pas comme une habitude, mais comme une bonne fortune. Chez eux, les plaisirs de la table sont toujours prodigieux.

Au delà du Luxembourg, vers la rue de l'Ouest, existait un vaste atelier de sculpteur, tout meublé de fragments, d'ébauches et d'échafaudages; on montait, par un petit escalier de chalet, à une chambre perchée, véritable nid de planches, c'était la chambre à coucher du maître. A l'exception d'une pièce réservée et fort coquettement meublée, tout était d'une simplicité parfaite. Quelquefois l'atelier, j'allais dire le hangar, se changeait en salle de festin. Alors c'était, comme à ces noces flamandes des tableaux de Téniers, une longue table chargée de mets: formée par des planches posées sur des chevalets, cette table improvisée avait besoin de solidité, tant la masse qu'elle devait supporter était pesante. Là, on voyait figurer sans ordre tout ce que la cuisine la plus savante peut créer de merveilleux: des pièces froides et glacées à honorer les chefs les plus illustres, d'admirables volailles, des pâtés, véri-

tables monuments d'art et de goût, des pyramides des plus
beaux fruits, des châteaux de glaces et tous les miracles des
fourneaux et de l'office. Un service d'aspect colossal, poisson,
gibier, venaison et entrées, apparaissait brûlant et se faisait
place. Tout autour de l'atelier régnait un cordon de bouteilles
de toutes les formes et de toutes les coiffures. La vaisselle et
l'argenterie, tout le service propre et luisant avait ce beau
désordre qui est le mérite des œuvres de l'imagination ; il y
avait là des vestiges de tous les siècles ; pas une pièce ne se
ressemblait.

Un vingtaine de convives se groupaient, chacun selon sa
fantaisie, autour de ce succulent appareil ; les meilleurs noms
de l'art et des lettres s'y trouvaient réunis, et l'on festoyait
ensemble portes closes. Les incidents étaient variés et fréquents ; tantôt on défilait en une longue procession, et l'on re-
venait s'asseoir tous avec une bouteille précieusement appor-
tée ; il y avait ensuite des invocations aux statues qui nous
regardaient, l'*Enfant à la chèvre*, qui riait à nos yeux ; une
Bacchante et son petit satyre qui l'attirait vers nous, puis une
Vierge qui priait ; autour de ces œuvres, on versait des
hymnes et des libations ; après cela venaient de grandes rondes
et des mélodies d'enfer ; ensuite on se remettait à table
et on causait précieusement à demi-voix, comme le dix-huitième siècle. Les récits, les charges de l'atelier, si vraies et
si vivantes, les scènes comiques, tout ce que la gaieté en délire peut inspirer d'idées folles, complétaient le divertissement.
O Garraud ! si tu lis ces lignes, mon bon camarade, maintenant que la vie est pour nous plus tranquille, et loin de tout

ce bruit qui nous a tant amusés, reçois mes vœux pour que soit
réalisé l'avenir que nous te promettions dans ces fêtes.

Vous ne savons si ces déjeuners de l'atelier sont de l'espèce
des déjeuners dinatoires ; ils duraient depuis midi jusqu'à deux
ou trois heures du lendemain, après midi.

Ce sont là des monstres sans nom et sans famille.

Le *Journal des Chasseurs* a donné un déjeuner de gibier :
on y a mangé entre autres choses, et sous les aspects et les
saveurs les plus variés, un chevreuil tout entier ; au dessert,
on a servi l'animal empaillé.

Il se passe, à l'égard du déjeuner, quelque chose de singulier ;
pendant que la jeune fashion anglaise nous prenait le déjeuner à la
fourchette, qu'elle appelait *déjeuner à la française*, nos mœurs du
matin s'engouaient du thé, des
rôties, des œufs frais, des pains
chauds, des anchois, des sandwi-
ches, des crevettes et du déjeuner sans vin des Anglais.

Le déjeuner offert à la reine d'Angleterre, pour l'inauguration de Royal-Exchange, était tout français : en voici le menu,
fourni par la taverne d'Albion :

Poulets rôtis, pâtés de gibier, jambons de Westphalie, bœuf
à la Georges IV, perdrix rôties, chapons lardés, agneaux, fai-
sans rôtis, langues, côtes de bœuf, galantines de poulardes,
côtelettes aux concombres, mayonnaise de homard, salades de
volaille, petits pâtés à la reine, ris de veau à la romaine, ballo-

tines d'agneaux, filets de soles à la provençale, crevettes, salades, gâteaux à la française, nougats d'abricots, gelées, meringues Chantilly, compotes, conserves de pommes, rhubarbe à la régence, gelées de fruits, pâtisseries aux amandes, ananas, raisins de serre chaude, poires, fruits secs, crèmes à la glace.

L'heure du déjeuner s'étend depuis huit heures du matin jusqu'à deux heures après midi; comme l'heure du diner, plus elle s'avance vers les régions élevées, plus elle s'éloigne du matin. L'inconvénient du déjeuner est de rendre le corps lourd et l'esprit pesant, à des heures où les affaires et les relations ont besoin de tous deux; il donne aussi à la bouche une haleine vineuse qui peut compromettre les réputations de sobriété les mieux établies. Il y a toujours de l'imprudence à beaucoup déjeuner.

L'état actuel du déjeuner en France a été jugé et résumé par cette exclamation échappée au dépit d'un maitre célèbre « Aujourd'hui, on ne sait comment déjeuner! »

VII

LUNCHEON.

Les mangeries, luncheon, sacre de la reine d'Angleterre, la collation, le goûter

Il n'y a plus de goûter; mais les dédains que l'on apporte au déjeuner sont souvent châtiés par les fatigues de l'estomac, dans la journée; on éprouve alors un besoin fâcheux qui ressemble à un tourment maladif. C'est à ces heures que les beaux équipages s'arrêtent à la porte des pâtissiers fameux, et que l'on voit des femmes se livrer à ces *mangeries*, dont elles auraient honte, si elles savaient combien cette gloutonnerie est fatale à leurs charmes. Nous avons remarqué que plus une femme est grêle, délicate, plus elle se bourre de pâtisseries, de sucreries et de vins de liqueur. Soyez sûrs aussi que tout homme qui se jette sur les assiettes est un être faible et chétif. Les femmes qui se respectent devraient laisser ces goûts aux femmes qui ne se respectent pas, et auxquelles ils vont si bien.

En Angleterre, ces repas intermédiaires, qui se prennent au logis, s'appellent *luncheon*; le mot se naturalise difficilement en France, cependant on commence à s'en servir. Un des plus gais sous-préfets de France, lorsqu'il avait l'honneur d'être journaliste, fut envoyé à Londres à l'occasion du sacre de la reine d'Angleterre. Toute l'aristocratie des trois royaumes était enfermée dans Westminster, pour attendre l'heure de la cérémonie; les toilettes étaient magnifiques, elles étincelaient de diamants et de pierreries; toutes les femmes titrées portaient

la couronne de leur blason. On attendit longtemps l'arrivée de
la reine, et le sacre dura ensuite plusieurs heures. Vers le milieu de la journée, selon le récit des *recorders* français, il s'o-
péra, dans cette multitude resplendissante, un mouvement, et
l'on vit toutes les blondes ladys tirer, de la poche de leurs
robes de soie, de brocart d'or, d'argent et de velours, des
boîtes de palissandre de la forme de celles où l'on serre les
gants: ces petits meubles renfermaient des sandwiches fine-
ment émincées, et contenant, entre deux tranches de pain, une
tranche de jambon, qu'elles croquèrent avec ces grandes dents
blanches qu'on voit de l'autre côté du détroit. Après cela,
chaque dame prit un riche flacon et but à même, non pas sans
rire aux éclats, avant, pendant et après cette opération; c'é-
tait du *sherry*; et, comme disait l'historiographe, le *sherry*
est un petit vin un peu plus fort que notre eau-de-vie.

Dans cette grande journée du sacre, les envoyés de la presse
parisienne, peu façonnés à ces mœurs, n'avaient rien prévu:
venus en toute hâte, ils n'avaient point déjeuné, et, vers les
deux heures, ils ressentirent une faim atroce. A force de
prières, ils obtinrent d'un concierge quelques gros biscuits,
qu'ils payèrent fort cher et qu'ils dévorèrent avec avidité: leur
appétit s'apaisa. Quelques instants après ce repas, ils ressentirent, dans la région de l'épigastre, d'affreux tiraillements;
ils demandèrent avec effroi ce qu'il y avait dans les biscuits
qu'on leur avait donnés. On leur répondit tranquillement que
c'étaient des biscuits à la moutarde, préparés tout exprès pour
donner de l'appétit aux *gentlemen* qui en manquaient, et pour
stimuler les estomacs paresseux. Les envoyés de la presse pa-

risienne comprirent alors qu'il fallait se résigner à de longues tortures.

Le goûter, la collation ou le *luncheon*, comme on voudra le nommer, est un repas d'enfant; et nous avons toujours pensé que les femmes de trente ans et les vieux dandys ne mettaient tant d'affectation à le prendre en public, que pour se donner un air d'estomac adolescent.

VIII

LE SOUPER.

Le souper : si nous eussions écrit ce livre il y a un siècle, il eût fallu céder la place d'honneur au souper; il régnait alors. Aujourd'hui, ce n'est plus qu'une grandeur déchue. C'était un astre radieux et brillant, une colonne lumineuse qui rayonnait dans la nuit de Paris; maintenant c'est une lueur terne qui se cache, qui ferme les fenêtres, les volets et les rideaux, pour ne pas être aperçue du dehors. Le souper était en honneur : actuellement, il est en suspicion; la police le traque et le tracasse comme un malfaiteur de nuit, et souvent même elle le conduit à la barre de la police correctionnelle.

Écrire les fastes du souper, depuis les hauteurs où l'avaient placé les friandes et voluptueuses habitudes de la régence jusqu'aux humiliations que lui ont fait subir les dernières années du dix-huitième siècle, ce serait une joyeuse et lamentable histoire. Elle n'est nulle part, parce qu'elle est un peu partout; ces souvenirs éparpillés vont trop bien à la chronique du souper, pour que nous voulions y rien changer.

Le souper, maître autrefois de tant de charmantes demeures, le souper, qui avait ses palais, ses villas, ses grands et petits appartements, n'a plus une seule maison à lui; il ne vit plus que chez le traiteur.

Sous le directoire, émigré rentré, le souper habita le Luxembourg; il parut même avoir retrouvé son luxe, ses délicatesses et ses énormités d'autrefois. Après cela, il ne se montre plus que dans la magnificence des fêtes.

Nous éprouvons ici un embarras véritable; selon nous, le repas qui termine un bal n'est point un souper: c'est un dîner de nuit et toute autre chose; nous ne consentons à donner le nom de souper qu'à ces repas élégants et coquets, qui se lèvent lorsque tout le monde se couche, délivrés des soucis et des exigences du jour, affranchis des devoirs et des affaires, tout entiers au plaisir et à la distraction, gardés contre tous les fâcheux, retirés, distraits et tapageurs, mystérieux et bruyants, francs de toute hypocrisie, prodigues et dissolus, débraillés, vicieux à outrance, mais polis, raffinés d'esprit, impertinents et persifleurs, friands et débauchés. Voilà le souper tel que nous le comprenons. Peut-être n'est-il pas si bien perdu qu'on le croit : nous le chercherons tout à l'heure.

31

Carême nous a légué le souvenir de deux pompeux soupers
de l'empire ; sa vanité est si naïve, lorsqu'il raconte ses prouesses, qu'il faut ne point altérer son expression.

Le premier de ces soupers modèles eut lieu à l'occasion du
bal que l'empereur donna à l'Élysée. Napoléon, à l'occasion
du mariage du prince Jérôme et de la princesse de Wurtem-
berg, Napoléon présida lui-même à tous les arrangements de
cette fête. Voici quelle fut l'ordonnance des tables : « Vingt-
quatre grosses pièces ; quatorze socles portant six jambons, six
galantines et deux hures de sanglier ; six longes de veau à la
gelée ; plus, soixante-seize diverses entrées, dont six de côtes
et de filets de bœuf à la gelée ; six de noix de veau, six de cer-
velles de veau dressées dans des bordures de gelée moulée ;
six de pains de foies gras, six de poulets à la reine en galantine,
six d'aspics garnis de crêtes et de rognons, six de salmis de
perdreaux rouges chaud-froid, six de fricassées de poulets à la
reine chaud-froid, six de mayonnaises de volaille ; six darnes
de saumon au beurre de Montpellier, six de salades de filets de
soles, six de galantine d'anguille au beurre de Montpellier. »

Ce n'est encore que le maître d'hôtel qui a parlé. Maintenant écoutez le poète :

« Nos bordures furent ainsi composées : pour les darnes de
saumon, des bordures de beurre rose tendre ; pour les tron-
cons d'anguille, des bordures de beurre à la ravigote vert
tendre ; pour les salades de filets de soles, des bordures d'œufs,
et pour les mayonnaises de volaille, des bordures de même
sorte ; pour les chauds-froids de poulets et de gibier, des bordures de racines et de truffes ; toutes ces bordures étaien t-

née de gelée. La décoration des entrées était en gelée seulement, de manière que le reste de nos entrées et nos grosses pièces furent étoffées et étincelantes de gelée à diverses nuances.

« De mâles croûtons de gelée en formaient les bordures, et
notre froid fut d'un beau fini, d'un beau idéal. »

« J'ai imaginé nos nouvelles *suédoises*, vers 1804. Les
formes qu'on leur donnait avant moi étaient sans grâce et sans
élégance. Mon essai eut un plein succès à un grand *extrà* de
bal que les maréchaux offrirent à leur maître. Le bal fut magnifique ; on le donna dans la salle de l'Opéra, décorée de ten-
tures ; il était alors rue de Richelieu. M. Richaud cadet en di-
rigea les travaux, et M. Bécar, chef de l'entremets de sucre,
m'avait appelé pour le seconder ; je lui en fis trente-six, et on
ne parla que de ses suédoises pendant plusieurs jours, depuis
la cuisine jusqu'aux salons de Paris. Heureux temps ! aimables
travaux ! »

Ces deux citations ne suffiront-elles pas pour donner une
idée de ce que fut la splendeur du souper d'apparat sous l'empire ?

La restauration eut aux Tuileries de magnifiques buffets ;
mais la grâce riche et élégante des soupers de bal que la du-
chesse de Berry donna au pavillon Marsan n'a point été égalée par le faste des grands appartements.

Depuis 1830, le souper des bals du château est dressé dans
la salle de spectacle ; il est difficile d'imaginer un coup d'œil
plus positivement éblouissant que celui de cette foule couverte
de broderies, de diamants, de plumes, de fleurs et de pierreries ; les diadèmes, les plaques et les épaulettes y brillent de

mille feux, auxquels se joignent l'éclat de la vaisselle et les
étincelles des cristaux ; il y a de la féerie dans cet aspect.

La fête travestie que le duc d'Orléans donna au pavillon
Marsan, fut remarquable par le goût fin et ingénieux qui en
avait réglé toutes les dispositions. Le prince n'aimait pas la
profusion, mais il voulait que tout fût choisi, préparé et pré-
senté avec charme ; il voulait que l'art, c'est-à-dire le sentiment du bien et du beau, se manifestât jusque dans les moindres détails.

Lors des fêtes du mariage du prince royal, il y eut à l'hôtel
de ville, dans la salle Saint-Jean, un souper bien conduit et
bien composé ; il se passa sans désordre, avec agrément ; pour
tout le monde, on avait adopté les petites tables de deux, trois,
quatre et cinq couverts ; l'usage de ces guéridons est une in-
novation tout à fait heureuse et qui met l'intimité et la causerie
à la place de la gêne ; chaque petite table ainsi placée sous
la protection d'un cavalier attentif et poli, est servie avec des
soins et un empressement que l'on ne peut espérer des valets
troublés et éperdus par le nombre et la confusion des ordres et
des demandes qui leur sont adressés.

Autrefois, le souper était la conclusion nécessaire de toute
soirée qui tenait à une bonne renommée ; on l'a abandonné
tout doucement. Il coûtait trop cher ; il causait trop d'embarras et donnait trop de peines, surtout aux petites gens, qui tous
veulent maintenant avoir leur grande soirée. Il est un dernier
motif qui a fait renoncer au souper, on éprouve, pour en parler, un sentiment qui ressemble à de la honte ; le souper a été
banni de toutes les fêtes, pour lesquelles il n'était pas d'obli-

gation stricte, parce qu'il a été sali et déshonoré par le pillage,
par la gourmandise et par l'ivrognerie.

C'était ordinairement l'orchestre qui donnait le signal du
souper par une fanfare. Eh bien, une meute affamée, pour laquelle sonne la curée chaude, ne se rue pas avec plus de fureur
que ne faisait le bal sur le souper. C'était un déplorable spectacle que celui de la salle à manger, dont le premier aspect
était presque toujours si plein d'élégance, de fraîcheur et de
magnificence, mise à sac et n'offrant bientôt qu'un amas de débris et de souillures. Les femmes délaissées ne pouvaient rien
obtenir; quelques-unes seulement devaient au zèle de leurs
serviteurs une place à table, ou une assiette sur leurs genoux.
La salle à manger, toute remplie de tumulte et de cris, ressemblait aux endroits que la foule envahit dans ses fureurs
bachiques; tout ce qui distingue la bonne compagnie de la
mauvaise société avait disparu. Les jeunes gens, et, il faut bien
le dire, les jeunes femmes, se montraient les plus ardents à ces
désordres grossiers, au milieu desquels éclataient le rire et
quelquefois d'autres transports auxquels il est difficile de donner un nom poli. Ces excès infestèrent toutes les soirées, ils
semblaient même s'attacher aux plus élevées; dans ces derniers temps, la cour elle-même ne fut pas exempte de ces
indignités.

Un danseur s'écriait, la bouche pleine : « Je mange; je
paye assez de contributions pour cela. » A la dernière soirée de
Versailles, un souper eût été impossible.

Avant le souper, et lorsque l'on voyait approcher le moment
désiré, on entendait des danseurs se dire l'un à l'autre : « Je

vais bien souper; je n'ai pas dîné tout exprès, pour mieux
manger. » Pendant le souper ce n'étaient que querelles ignobles, pour se disputer et même s'arracher les plats, avec des
gestes, un ton et des paroles dont la valetaille ricanait et s'a-
musait. Après le souper, dans le salon, le propos s'élevait, la
danse s'animait, et d'abord le bal paraissait plus vif, mais
l'excitation croissait. Les cavaliers, échauffés par le vin et par
l'atmosphère brûlante, oubliaient la modération; les femmes,
échevelées, pantelantes, les toilettes froissées et tachées, et nous
ne savons quelles allures de bacchantes, donnaient à ces salons
dont les grâces étaient, quelques heures auparavant, si fraîches
et si décentes, une physionomie dont le regard et la pensée se
détournaient avec chagrin. C'est alors que les mères, effrayées,
emmènent les jeunes filles.

Dans la salle à manger, le dégât était bientôt réparé: on
changeait promptement le linge et la vaisselle, on ramassait les débris qui couvraient le sol; l'air, renouvelé par les
fenêtres ouvertes, et parfumé ensuite par une fumigation
odorante, chassait les lourdes émanations. Les habiles, qui
avaient laissé passer la trombe dévorante, et que la tourmente
n'avait point émus, prenaient place à une table renaissante,
et, après l'orage, savouraient la bonne chère et le calme.

Telle a été la destinée de tous les grands soupers.

Aux Tuileries, où, plus d'une fois, les députés ont oublié
la gravité de leur mandat, les femmes ne se piquent pas
toujours de modération. Un des chefs arabes s'écria, après
avoir vu un souper:

« A les voir danser, j'ai rêvé le paradis et les houris du

Prophète ; en les voyant manger, je suis retombé sur la terre. »

Dans la bourgeoisie, dans ce que nous appellerons les bals au quatrième étage, les soupers, avec moins d'éclat, faisaient tout autant de bruit ; seulement le tapage était provoqué par de grosses farces, et engendré par des chansons et des refrains étourdissants, ou par ces *santés* énormes qui ressemblent à un roulement de tambours.

Le lendemain d'un souper, dans les palais, dans les hôtels, et au quatrième étage, on trouvait les meubles gras et maculés par les traces des viandes ; sous les meubles, on ramassait les vestiges et les restes que la satiété y avait jetés. Le souper devint ainsi un fléau redoutable ; mais, malgré ces opprobres, il n'en demeure pas moins d'une haute étiquette.

On essaya les buffets, ils ne réussirent pas mieux ; on les prenait d'assaut, on les traitait comme des villes conquises.

Afin de remédier à ces inconvénients si peu honorables pour nos mœurs, on a mis les rafraîchissements à la place du sou-per, sans toutefois le faire disparaître entièrement. On procède par gradation, et dans un ordre que le goût le plus parfait a réglé. Les sirops et les boissons fraîches, *le acque*, comme disent si bien les Italiens, et le *petit-four*, ouvrent la marche ; les glaces, les fruits glacés, les sorbets et les bonbons, viennent ensuite ; un peu plus tard, le punch circule, les pâtisseries fermes et solides l'accompagnent.

On fait une halte.

D'autres plateaux apparaissent : ils sont chargés de porce-

laines anglaises ; le thé, des bouillons, des potages de pâtes ou
de fécule, du café, du chocolat, sont tour à tour présentés : les
sandwiches, qui se montrent flanqués de verres, ferment la
marche ; le vin de Bordeaux, le vin de Champagne et le vin de
Madère, reconfortent la danse sans qu'elle ose s'enivrer. L'en-
train du bal y gagne, et le goût et la décence n'y perdent rien.
Dans les dernières heures du bal, on rapporte tout ce qui a
été servi pendant la nuit, selon les demandes que font les
personnes invitées et surtout les joueurs.

Ces précautions si délicates et si ingénieuses ne parviennent
pas toujours à assurer l'ordre et la courtoisie. Dans les salles
qui précèdent les salons, s'installent et croisent des bandes
de pirates. Ils ne dansent pas, ils ne jouent pas, ils consom-
ment : ces forbans voraces et mal appris capturent les plateaux

et les dévalisent ; ils ne laissent rien pénétrer au delà des parages qu'ils occupent. Souvent le maître de la maison ou les
chefs d'office sont forcés d'accompagner eux-mêmes les pla-

teaux, afin de les sauver contre cette insatiable rapacité. Ces
goulus de salon se gorgent de toutes choses, sans penser à des
femmes et à des jeunes filles qui souffrent, et que la soif dévore,
faute d'un verre d'eau sucrée qu'elles n'osent demander.

Un de ces bons usages, que nous ne saurions rencontrer
sans les saluer de nos éloges, s'est introduit dans les soirées :
on laisse passer la foule ; quelques adeptes, prévenus à l'avance
et bien avertis, ne se mêlent point au mouvement de sortie.
Lorsqu'il n'y a plus, dans les salons, qu'un petit nombre d'é-
lus, le maître de la maison les réunit discrètement autour d'une
table cachée dans quelque charmant réduit, et là on attend le
jour en devisant des faits de la nuit ; l'esprit et l'appétit re-
trouvent ordinairement leurs meilleures franchises dans ces
soupers privilégiés, et qui ont une certaine saveur de fruit défendu et des délices qui ne sont pas données à tout le monde.
Nous n'avons jamais vu ces repas manquer de gaieté ; souvent
même leurs ébats vont jusqu'à l'enfantillage. Nous citerons,
comme un des plus aimables soupers de ce genre, celui qui
termina le dernier raout de M. Léon Pillet, le directeur de
l'Opéra.

Deux soupers sont devenus assez fameux pour que nous les
séparions de la foule.

L'un fut un souper de *riveurs*. On y voyait un mets sans
pareil. Au milieu de la table, était placé un objet d'une dimen-
sion et d'une proportion au-dessus de celles des plus beaux
poissons. Un voile rose en couvrait les formes de manière à
les laisser deviner, et tout trahissait une mystérieuse beauté.
Autour de cette pièce capitale étincelaient les splendeurs du

service. Lorsque l'on fut assis, les valets enlevèrent le voile,
et les yeux charmés contemplèrent une femme jeune et merveilleusement attrayante, couchée dans une conque sur un lit
de plantes marines ; elle paraissait dormir. Son costume était
composé de tresses de corail mêlées à ses cheveux pendants à
son cou et roulées en bracelets à ses bras, en ceinture autour
de son corps, à ses pieds, et en longues girandoles à ses
oreilles. Au moment où les *tranchants* voulurent l'emporter,
elle bondit, se releva, prit une pose de nymphe, comme si
elle allait danser le pas des naïades, et disparut, en sautant
par-dessus la tête des convives, auxquels on présenta une
truite saumonée si prodigieuse, qu'elle leur fit tout oublier.
Les fastes du souper parisien se vantèrent longtemps d'avoir
eu une *sirène au bleu*. Nous donnons ce conte sans y croire
beaucoup ; ce n'est peut-être qu'une page des *Mille et une
Nuits de Paris*.

Un autre souper inaugurait un des beaux logis de Paris. La
soirée commença par de la musique ; le bal eut son tour, mais
ne fatigua personne. A minuit, la salle à manger fut ouverte. La
table n'avait pas plus de dix couverts ; l'arrangement en était
délicieux. Mais bientôt on ne vit rien des miracles du service.
Dix jeunes femmes, de celles dont le public aime et admire, à
la scène, le talent et la beauté, toutes vêtues de blanc, étaient
rangées, rieuses et folâtres, autour de mets friands qu'assai-
sonnaient si bien les témoignages d'admiration et des louanges
qu'elles recevaient de toutes parts. C'était le Décaméron à
table. Toute la société suivit cet ordre de dix en dix, et ce fut
jusqu'au jour une suite de festins.

Nous définirons le *viveur* sans le peindre. Le *viveur* a placé les jouissances intellectuelles dans la perfection des plaisirs sensuels. Pour lui, jouir, c'est agir et penser ; il fait profession d'indépendance, ne reconnaît et ne suit aucune règle, s'abandonne à la fantaisie, et, comme les économistes, il veut être, et être le mieux possible. Mais il est le seul juge et l'arbitre suprême de ses contentements : il a érigé en maxime ces paroles de la sagesse des nations : *Chacun prend son plaisir où il le trouve.*

Des *viveurs*, remontant le cours des mœurs et des habitudes, ont donc essayé de faire renaître le souper. Ces tentatives prirent, vers les dernières années de la restauration, un développement tel, qu'il fut alors permis d'espérer qu'on le verrait remis en possession de ses anciens honneurs. Il s'installa chez tous les restaurateurs fameux ; il choisit, entre tous, le Café anglais, dont les petits appartements, maintenant détruits, avaient tant de charmes. Sa petite maison de prédilection, il la posa sur la place de la Bourse. Le souper se fit tout de suite aimer par ses manières spirituelles : s'il ne put pas toujours se préserver des excès, ces entraînements furent des surprises ; il évita de mériter ce reproche d'orgie qu'on lui a si niaisement adressé. Comme son devancier, on le vit fin, délicat et vif, d'esprit frondeur, libertin, et quelquefois débauché, acceptant la mauvaise compagnie sans s'y mêler, détestant l'impudence autant que la pruderie : tel fut le nouveau souper qui n'eut à envier à l'ancien que les splendeurs inconnues et impossibles à notre époque. La première génération des nouveaux viveurs commit une faute grave : elle fit du souper un repas trop galant ; elle le gâta en l'abaissant. Ceux qui leur succédèrent admettaient et recherchaient, pour les repas de nuit, la société des femmes, et elle ne leur fit pas défaut ; mais ils n'y virent jamais autre chose qu'une parure. Ils conservèrent aussi au souper ses précieuses franchises, et le préservèrent ainsi d'une domination funeste. Le souper devint une mode : la galanterie s'en empara ; il fut alors affligé par une banalité dont le goût devait se défendre. Lorsque les maisons de jeu existaient encore, la levée des tables de Frascati remplissait les restaurants voisins de joueurs heureux ou malheureux, et de femmes qui, bien souvent, attendaient de ces rencontres l'unique repas de la journée. Ces faits nocturnes n'ont, avec le souper, d'autre rapport que celui de l'heure qu'ils lui volent.

Après la suppression des maisons de jeu, dont le vrai souper ne s'aperçut point, celui-ci continua ses réunions, et ce fut leur plus beau moment. Il faut avoir connu les attraits de ce repas qui venait après tous les autres, trouvait l'esprit libre et sans autre perspective que le sommeil, avec l'oubli de la veille et du lendemain. Lorsque, devant quelques mets aussi simples qu'excellents, cinq ou six convives, gens de goût, et dont l'esprit s'entendait assez pour n'être jamais d'accord, formaient une société qui rapportait, le soir, toutes les impressions plaisantes de la journée ; tous lancés dans le mouvement de la vie parisienne, livrés à ses émotions si vives et si variées, familiers avec les choses et avec les hommes qui faisaient quelque

bruit; sceptiques et railleurs, loin des préjugés ennemis des
opinions reçues ; vivant derrière toutes les toiles et dans les
coulisses du monde et de la scène : c'était un plaisir sans égal
que celui de ces soupers. Que de verve ! que de saillies ! que
de jugements rapides et sûrs ! que de folie, et aussi que de raison ! Ces nuits ont été plus fortes que la calomnie. On leur a
prêté bien des torts qu'elles n'ont jamais eus ; mais il est un
mérite qu'on n'a pas pu leur refuser, celui de l'esprit : en
France, c'est plus qu'une vertu. Quant à leurs exploits de
chaque soir, ils semblent appartenir aux temps fabuleux et héroïques ; les fantaisies du *viveur* poussent tout à outrance : il ne
connaît de biens que ceux qu'il savoure avec l'emportement et
avec le délire de la passion.

La race des premiers *viveurs* a donné à la révolution de
juillet des hommes d'État ; on en voit siéger à la chambre des
pairs. M. Romieu n'a fait qu'un pas de la table du souper à
la préfecture de la Dordogne, la terre des truffes ; et maintenant, c'est dans un département de la Champagne qu'il passe
comme en purgatoire le temps d'épreuves que lui a infligé une
disgrâce administrative.

S'il était nécessaire de prouver que le souper peut s'allier
aux plus graves préoccupations, où trouver une démonstration
plus frappante que celle du souper de Grandvaux, si célèbre
dans les annales de la politique contemporaine. De la seconde
race des *soupeurs*, il n'est sorti que des hommes d'esprit : c'est
bien peu.

Lorsqu'on a voulu abolir le souper au nom de la morale,
qu'il ne songeait point à offenser, on s'est écrié qu'il compro

mettait la sûreté de la ville. Cependant, les personnes qui tra-
versaient, la nuit, les silencieuses arcades de ce cloître qu'on
appelle le Palais-Royal, n'y rencontraient que le calme et n'y
entendaient que le bruit de leurs pas, sans se douter que, chez
tous les restaurateurs de la galerie, s'était installé le souper.
Les tracasseries de la police ont poursuivi le souper d'asile en
asile, elles lui ont fermé toutes les portes ; et l'on ne peut songer sans effroi à la position d'un étranger qui se trouverait, la
nuit, dans les rues de Paris, avec le besoin de manger : il mour-
rait d'inanition, sans pouvoir se procurer, même à prix d'or,
un morceau de pain.

Le souper ne hante que les lieux publics : il est toujours
gêné et contraint dans les demeures particulières. Cependant
il a, faubourg Saint-Honoré, en ces magnifiques hôtels, un
pied-à-terre favori ; il y vit avec une volupté sans rivale.

Le théâtre soupe encore. Mais pour les acteurs qui rentrent
chez eux, ce n'est qu'un repas solitaire et maussade ; pour ceux
qui ont des endroits toujours ouverts, ce souper des cafés affecte
de telles habitudes : partout où il s'est blotti, il a adopté de
telles façons de vivre, d'agir et de parler, qu'il faut, pour l'honneur de l'art et du goût, ne pas laisser le regard se poser sur
ces tableaux. C'est à peine si les plus joyeuses réputations du
théâtre ont une agréable et piquante souvenance en ce genre.

Il existe, pour la nuit de Paris, un souper nomade : c'est la
cantinière qui ravitaille les postes de la garde nationale et les
corps de garde de la ligne ; c'est le bouillon et le café qui par-
courent les rues, à bras d'homme, sur un réchaud. Au point
du jour, ce souper devient déjeuner.

Si le souper n'est plus le repas du riche, il est resté celui du pauvre.

L'ouvrier de Paris mange trois fois par jour : le matin, à neuf heures; l'après-midi, à deux heures, et le soir, après six heures et le travail fini. Les femmes, les enfants sont aussi revenus de l'ouvrage : le repas du soir réunit toute la famille, et c'est là que la vie de l'ouvrier se montre avec ses joies et ses peines. Aux uns l'ordre et le travail envoient l'aisance et ces repas dont le fumet et l'aspect réjouissent, la santé et le bonheur. Aux autres, le désordre, l'inconduite, l'oisiveté et la débauche, n'apportent que l'infortune, la faim et la misère : les enfants se roulent dans leurs larmes, pour échapper aux besoins qui les tourmentent, tandis que les parents abrutissent leurs douleurs et étouffent leurs remords dans l'ivresse.

L'infortune et des malheurs non mérités, la maladie et le manque du travail, produisent souvent ces tristes effets. Ailleurs on est réduit à une frugalité voisine de l'abstinence la plus rude; pour ces derniers repas, quelques-uns attendent les profits incertains de la mendicité ou de la maraude de leurs petits enfants.

Sous cette indigence, les familles s'accroissent. Sophie Arnould, à laquelle on parlait de cette facilité avec laquelle les pauvres font des enfants, répondait : « Quand ils n'ont rien, c'est leur manière de souper. »

Depuis que le lansquenet déploie ses tireurs, il y a des soupers de joueurs qui se mettent à table, à quatre heures du matin, à la même heure où les *escarpes* et les *goinfreurs* vont manger, à la halle, cette soupe perpétuelle dont la marmite, contrairement au tonneau des Danaïdes, ne se vide jamais.

L'empire ne soupait pas, mais l'empereur soupait. En 1814. à Essonne, il invita à souper les généraux dont les corps étaient échelonnés sur Paris.

Il est un appendice du souper que nous avons emprunté aux Anglais : c'est le thé. Dans les loisirs des soirées, le thé a remplacé le punch, qui fut si fort en honneur dans la société de l'empire.

Le thé fut importé en Europe comme remède, en 1666, par la reine Catherine femme de Charles II, qui en avait contracté l'habitude en Portugal. De la cour d'Angleterre, où cette boisson fut mise à la mode, l'usage du thé se répandit dans toute l'Europe. Chez les Anglais, il se mêle aux habitudes de toutes les classes : les mendiants de Londres prennent leur thé ; en Hollande et dans quelques contrées dont le climat ressemble à celui de ce pays, il est d'un usage à peu près général : ailleurs.

en France surtout, il n'est recherché que par la classe aisée.
Le matin, le thé du déjeuner est souvent accompagné d'œufs,
de tartines, de jambon, et de tant de choses, qu'une *simple tasse
de thé* peut devenir un repas copieux. Le soir, le thé a aussi
ses accessoires : les rôties, le lourd gâteau, celui qu'on appelait autrefois *gâteau de plomb*, les inévitables *sandwiches*, et
la brioche éminemment française lui servent d'escorte. Le nuage
de crème est de rigueur ; quelques personnes y substituent
une goutte de rhum. Les coquetteries du thé sont infinies ; il a
des mignardises charmantes.

Dans les classes aux mœurs humbles
ou pauvres, le café au lait est le thé du
matin ; le cidre et les marrons, la bière
et les échaudés, toutes les variétés de
vin chaud et de vin sucré, sont le thé de
la petite propriété.

On reprochait à un préfet de séduire
les électeurs de son département, en les
invitant à sa table toujours splendide-
ment servie : il annonça que désormais il
se bornerait à leur offrir un thé. La veille
de l'élection, il invita effectivement tous
les électeurs à prendre un thé à la préfecture. On servit sur de
magnifiques plateaux la précieuse infusion, avec le nuage de
crème et de petites pâtisseries sèches et croquantes. Les électeurs campagnards étaient en grand nombre à cette soirée, et
ressemblaient assez bien au renard convié au souper de la ci-
gogne : ils ne comprenaient rien au goût que l'on montrait

pour un fade breuvage, qui était pour eux une variété de l'eau chaude. Le secrétaire de M. le préfet les conduisit discrètement vers le fond du salon. Là étaient dressés des buffets convenablement garnis de pièces froides, capables de résister à l'appétit le plus robuste. Ils y trouvèrent, pâtés, poissons, galantines et venaison, avec les vins à l'avenant ; et ces braves gens comprirent alors ce que c'était que le thé.

En France, le thé est le souper des salons.

IX

CLUBS — CERCLES — TABLES D'HÔTE. — PENSIONS BOURGEOISES — Maisons de santé.

Entre les salles à manger et le salon du restaurateur, il existe une région moyenne. Elle a aussi ses diverses contrées, mais les mœurs n'y sont pas franchement dessinées ; elles sont étrangement mobiles, et ne touchent que légèrement au caractère national.

Les *clubs*, que nous avons pris aux coutumes britanniques que nous connaissons mal et que nous avons copiés gauchement, ne se naturalisent, en France, qu'avec lenteur. Le *Jockey's-Club* est à peu près le seul qui soit parvenu à prendre racine. Le dîner y est celui d'une très-grande maison : la chère incline volontiers vers les goûts anglais ; les vins y sont essentiellement français. La table du *Jockey's-Club* fait peu de bruit : elle est servie avec luxe, avec recherche et avec intelligence ; elle a un charme qui lui est propre. Sans rien enlever à la politesse des relations, elle leur laisse une entière liberté ; on ne

s'y pique ni de sobriété, ni de tempérance ; on y exerce une
noble hospitalité qui s'adresse surtout aux étrangers de distinction. Les entretiens de la table et ceux de l'après-dîner,
dans les salons, au billard et sur le balcon, résument avec
originalité cette partie de la chronique du monde qui touche à
la vie de plaisirs et de distraction. Dans le propos, on y est
prodigue, comme un vaudeville de M. Scribe.

Ce qu'à Londres on appelle *club* porte, à Paris, le nom
de *cercle*. Si l'examen de ces établissements entrait dans notre
sujet, nous montrerions aisément que les *clubs* anglais et les
cercles français ne se ressemblent pas du tout. Nous avons dé-
taché des cercles le *Jockey's-Club*, parce que sa physionomie
est particulière, et n'a rien de commun avec les autres réunions de ce genre.

Grâce au nom de M. le marquis de Cussy, les soupers du
cercle des Étrangers obtinrent quelque renommée. Lors de la
suppression des maisons de jeux, les salons du cercle furent
fermés, et ce fut, pour la haute dissipation, un sujet de vifs
regrets.

Le cercle qui occupe la maison située sur le boulevard, vis-à-
vis le passage des Panoramas, a une table dont le service est
en bonne réputation ; cette célébrité, commencée à la rue de
Grammont, s'est accrue dans le nouveau local. Tous les éloges
donnés à la table de ce cercle sont justes : il est difficile de
concevoir un dîner plus régulièrement beau et plus radicale-
ment bon que celui de cette société. L'élégance en est parfaite :
elle a pris au luxe tout ce qu'elle pouvait lui prendre pour se
parer, sans s'embarrasser. Pour les personnes invitées par eux,

les membres du cercle payent un prix bien inférieur à la valeur
réelle du repas.

Nous avons souvenance d'un cercle resplendissant qui prit
un jour possession d'un hôtel, à l'extrémité de la rue de Richelieu, vers le boulevard, et qui s'installa avec faste dans le palais demeuré vide par le décès du salon des Etrangers. On
l'appelait le *Cercle des Deux-Mondes*. On y déploya un luxe
vraiment royal ; les galas de la cour n'ont rien offert de plus
magnifique que le service ordinaire de cette table. La vaisselle, le surtout, les porcelaines et les cristaux y étaient d'une
admirable beauté ; les raffinements de la chère et de toutes les
dispositions y étaient extrêmes. Pour recevoir les représentants des puissances étrangères, à Paris, on fit faire un service
de porcelaine dont chaque assiette portait l'écusson du pays
du diplomate auquel on la servait.

Le rapide passage du cercle des Deux-Mondes, qui ne dura
que peu de temps, a laissé une trace brillante.

Parmi les cercles de quelque importance, il en est peu qui
ne cherchent le renom de bonne chère ; mais presque tous courent après un faux luxe et négligent les biens réels ; ils font
trop pour les yeux, et pas assez pour l'estomac.

Quelques-uns échappent heureusement à ces inconvénients.
Nous citerons les deux cercles actuels de la rue de Grammont :
l'un qui reçoit la grande société politique, le monde de la diplomatie et l'aristocratie ancienne ; l'autre, composé d'hommes de
loisir qui aiment la vie libre et facile. Dans le premier de ces
cercles, le dîner est tout à fait celui d'une bonne maison ; il en a
les convenances, les habitudes et les agréments. Dans le second,

la table est servie avec une intelligence dont nous ne connaissons point d'autres exemples. Des pièces de poisson, de boucherie, de volaille et de gibier, belles à miracle, y sont en permanence. Le service, plein d'une simplicité correcte, y est irréprochable, les vins y sont bien choisis, et il est difficile d'imaginer un dîner qui soit plus complétement que celui-là dans les
conditions du bien-être : on y jouit de toutes les franchises si nécessaires au plaisir de la table. Quelquefois ce dîner prend des
proportions extraordinaires. On appelle les convives au son du
clairon ou par une fanfare de trompes qui sonnent à toute vo-
lée pendant le repas ; on y a servi des chevreuils entiers et des
amas de nature morte, comme dans les grands tableaux fla-
mands.

Nous reprocherons aux dîners des cercles trop de précipita-
tion et souvent le manque d'ordre ; peu de ces tables sont
exemptes de ces inconvénients. L'excellent dîner du cercle du
boulevard lui-même n'a pu les éviter. On ne les rencontre pas
dans les deux cercles de la rue de Grammont.

Les *tables d'hôte* ne sont qu'une chose indécise et dont le
nom n'a plus aucune signification. Il faut tout d'abord séparer
de la foule les salles à manger de quelques grands hôtels, dont
les dîners, sans être d'un prix excessif, offrent tout ce qui
constitue une table riche et somptueuse. Paris a sur toutes les
autres villes du monde une incontestable supériorité en ce
genre, et il est tel hôtel parisien qui peut opposer son service
de chaque jour aux couverts les plus fameux. Nous citerons
une table entre toutes les autres, celle de l'hôtel des Princes,
dont l'aspect est éblouissant. Au sein de ces magnificences

qui se reflètent dans d'autres lieux. on peut, avec une dépense
normale et modérée, s'initier à tout ce que le luxe a créé de
plus attrayant. C'est là un des priviléges fortunés de l'heureux
Paris. Dans d'autres capitales, on trouve d'immenses caravansérails ; à Paris seulement, on rapproche de toutes les conditions les joies de l'opulence.

Les tables d'hôte, dans leurs variétés et dans leur décrois-
sance, ne suivent point un ordre régulier. Pour les étrangers,
pour les commis, les rentiers, les gens non mariés, pour la population qui vit seule, et toute la partie flottante des existences médiocres ou occupées, elles sont des asiles modestes. Dans
le quartier des écoles, elles ont des réfectoires nombreux,
où la frugalité est la règle ; mais les exceptions sont fréquentes :
il n'est pas rare de voir, à ces tables, la prodigalité de l'orgie
succéder à la frugalité du repas. L'ordinaire de ces endroits
est celui des gros ménages. Au quartier latin, ces tables d'hôte
pullulent sous toutes les formes. Quelques-unes sont à des prix
d'une inconcevable modération ; les gens qui les tiennent se
contentent ordinairement de trouver, dans cette spéculation, le
bénéfice de leur propre nourriture. L'étudiant conduit à sa
table d'hôte la grisette sa compagne ; on y cause à peu près
comme on danse à la Chaumière.

Entre ces deux régions se multiplie une autre espèce de
table d'hôte, funeste et malfaisante. Toute la vie incertaine de
Paris s'y précipite ; l'aristocratie des bohémiens y abonde et
y domine ; les artifices, les fraudes et les mensonges des existences nomades et douteuses s'y rassemblent : coupe-gorge et
guet-apens telles sont les deux grandes divisions. Ces tables

perilleuses sont généralement tenues par des matrones émé-
rites, de vieux grisons, des entremetteurs, des Aspasies de
de trente ans et des femmes entretenues ; les chevaliers d'industrie y dressent leurs embûches ; la galanterie banale en fait
les honneurs. C'est là que débutent les jeunes libertins, et qui
finissent les vieux roués.

C'est une des plaies les plus vivaces de la vie de Paris.

Les pensions bourgeoises sont généralement pures de ces
souillures : paisibles refuges ouverts à la vieillesse et au repos,
ce sont de véritables infirmeries ; elles ont leurs tempêtes et
leurs orages : les petites passions, les tracasseries mesquines
et les coteries s'y agitent de mille manières : les disputes, la
médisance et la calomnie activent l'œuvre de discorde : mais ce
ne sont que des travers et point des vices.

Au physique, les maisons de santé et de convalescence tiennent de la pharmacie et du restaurant ; l'odeur de la cuisine et
celle des médicaments s'y confondent ; on y fait généralement
une chère détestable. Au moral, les maisons de santé et de
convalescence participent de la mauvaise table d'hôte et de la
pension bourgeoise : on y trouve souvent réunis la perversité
des uns et la sottise des autres.

Nous ne connaissons que peu d'exceptions à ces règles trop
générales.

Les tables d'hôte, celles même qui méritent d'être distinguées, vont mal à tout homme curieux de bien vivre ; on y fait
tout à la hâte ; ce sont des lieux que le goût ne visite qu'en passant, et où il ne doit pas contracter d'habitudes. Les rigueurs
de la discipline, dont les heures sont inflexibles, s'accordent

mal avec une indépendance qu'il ne faut jamais aliéner. L'ordre inflexible du service contrarie sans cesse la fantaisie ; et les merveilles qui ont d'abord séduit le convive deviennent pour lui une suite d'embarras et d'accidents. Il n'y a pas de conversation possible à table d'hôte, pour tout homme de sens et d'esprit, à moins de causer à voix basse avec un ami.

La pension bourgeoise est infestée par deux harpies : la prétention et l'ennui.

Dans plusieurs de ces endroits, la propreté est sans cesse outragée et traitée comme une superfluité.

La majorité des cercles, des tables d'hôte et des maisons de santé n'ont qu'un but, un seul qu'elles poursuivent sans relâche ; ce but, c'est le jeu, qui a pour associée la prostitution. Aux tables qu'on y dresse, il est toujours périlleux de s'asseoir chaque jouissance y est un piége, chaque breuvage a son philtre.

LES RESTAURANTS DE PARIS.

Il y a un siècle, les traiteurs, les premiers restaurateurs, Beauvilliers, définition, un fait social, européen, l'empire, grandeurs déchues, le Palais-Royal en 1814 et 1815, pendant quinze ans, en 1830, luxe et décadence, vieux souvenirs. — LES TROIS CLASSES, les diners commandés, un diner à la *Roche de Cancale*, un diner de portier, la soupe aux grenouilles, dans la rixe des *Trois Frères provençaux*, les repas divers, le vin chez le traiteur, un panorama vivant, avantages, sobriété, les diners en commun. Les petit parasite, LES RÉGIONS INFÉRIEURES, la gargote, les deux espèces, travail et oisiveté, les rochers, arrière-boutique des marchands de vin, les bas-fonds, *tapis francs*, restaurants spéciaux. — LES PRIX FIXES, hiérarchie, le quartier latin, Rouget. — LE GARÇON DE RESTAURANT, les femmes de comptoir, les bonnes. — Le vol et le crédit, les deux écueils à passer, les bénéfices, fortunes, avancement, un proverbe.

Il y a un siècle, Paris n'avait pas de restaurateurs ; on ne

connaissait que des traiteurs-rôtisseurs : les uns tenaient ces
tables d'hôte auxquelles l'hôte ne s'assied jamais ; les autres
portaient en ville, ou servaient chez eux les mets, les dîners
ou les repas que l'on commandait. En 1751, il y a un peu
moins de cent ans, l'*Ermite de la Chaussée-d'Antin* dînait
dans une de ces maisons située rue des Boucheries, et qui avait
pour enseigne : *A la Croix de Malte*. Voici comme il parlait,
dans son feuilleton du 15 février 1815, de ces souvenirs de
soixante-deux ans :

« La *Croix de Malte*, dit-il, n'était pas citée pour la magnificence de ses salons, pour la profusion de la vaisselle plate,
pour la grâce et l'élégance de la dame du comptoir ; mais on y
faisait, à bon marché, une chère saine et abondante. Trois
tables de bois de noyer, recouvertes d'une nappe en toile d'A-
lençon, formaient un fer à cheval dans une vaste salle dont
la voûte en ogive *supportait*, au lieu de lustres de Thomire ou
de Ravrio, deux énormes lampes en cuivre jaune, dont les
trois becs éclairaient, *pour ainsi dire*, ceux qui venaient souper dans cette maison. De midi à trois heures, la salle ne dés-
emplissait pas, et l'on y trouvait pour l'ordinaire assez bonne
compagnie. Le vieux Boindin, *avec son fausset aigre*, venait y
disputer contre Marmontel, et sortait de là pour aller prêcher
l'athéisme dans un coin du café Procope. Piron et Crébillon
fils s'y donnaient rendez-vous tous les samedis, et y faisaient
assaut de plaisanteries et d'épigrammes ; Saint-Foix était de
la partie, quand, par hasard, il n'avait pas reçu quelque coup
d'épée, dans la semaine ; enfin, Patu et Portel s'y étaient liés
d'une amitié très-étroite, et formaient là, trois fois par se-

maine, le noyau des habitués du parterre de la Comédie-Française, composé, à cette époque, tout différemment de ce qu'il est aujourd'hui. Un bon dîner, dans un temps où la science gastronomique était encore au berceau, ne supposait guère que de bons vins et d'aimables convives; les uns et les autres se trouvaient à la *Croix de Malte*. On y était servi, je ne l'ai pas oublié, par une belle fille bourguignonne, nommée Catherine. Je n'ai vu de ma vie un exemple *aussi* extraordinaire d'activité, de mémoire et de présence d'esprit : elle trouvait le moyen de servir et de contenter à la fois trente personnes différentes de volonté, de goût et d'humeur. Aussi M. Mer....
qui a eu ses moments lucides, disait-il, quelques années *après*, qu'il n'avait connu en France que deux têtes fortement organisées : *la servante de la rue des Boucheries et M. Turgot.* »

M. de Jouy, aujourd'hui un des quarante de l'Académie française, et auquel nous laissons toute la responsabilité de son érudition historique, de sa science grammaticale et de ses opinions, continue :

« On n'arrive à la perfection en tout genre qu'à force d'essais et de tâtonnements. Vers l'année 1772, aux tables d'*hôte* régulières, servies à des heures fixes, succédèrent, chez différents traiteurs, des tables de douze et de six couverts qui se renouvelaient autant de fois qu'il se trouvait un nombre suffisant de convives. — Cet usage s'est conservé dans le quartier latin; il existait, il y a quelques années, dans une maison de ce genre tenue par trois vieilles filles que les étudiants appelaient les trois sœurs. — L'*Hôtel d'York*, rue Jacob, où l'on

payait cent sous par tête, était le rendez-vous des personnes
les plus opulentes. Venait ensuite l'hôtel Bourbon, rue Croix-
des-Petits-Champs ; les négociants s'y rassemblaient de préfé-
rence, et le prix était de moitié moindre qu'à l'hôtel d'York.
On dînait au même prix à l'hôtel du *Nom de Jésus*, dans le
cloître Saint-Jacques de l'Hôpital. Cet hôtel, particulièrement
renommé pour le poisson, ne suffisait pas à la foule des consommateurs, qui s'y portaient les jours maigres et pendant
toute la durée du carême.

« Ce fut à la fin de l'année 1774 que s'établirent les premiers *restaurateurs*. Je suis fâché de ne pouvoir rappeler à la
mémoire des modernes gastronomes le nom du fondateur des
dîners à la carte. Je me souviens néanmoins que les bases de
cette grande institution furent posées dans la rue des Prêcheurs,
et qu'on lisait, sur l'enseigne de ce père du restaurant, cette
inscription en latin de cuisine :

> O vos qui stomacho laboratis, accurite,
> Et ego vos restaurabo.
>
> O vous dont l'estomac crie, accourez
> Et moi, je vous restaurerai. »

Le premier restaurateur, à Paris, fut un nommé Lamy. Il
ouvrit ses salons dans un des obscurs et étroits passages qui
entouraient alors le Palais-Royal. Les traiteurs se liguèrent
contre lui, mais ils ne purent le renverser. Primitivement, le
restaurateur n'avait pas le droit de mettre une nappe sur ses
tables, elles étaient couvertes d'une toile cirée verte ou jaspée.

Beauvilliers fut celui qui attira d'abord le plus de monde. Il
ne marqua jamais comme cuisinier, mais il avait une qualité

qui n'est plus, de notre temps, qu'une tradition morte : il était plein d'attentions pour les personnes qui venaient dîner chez lui, et parcourait sans cesse ses salles, afin de s'assurer si ses dîneurs étaient contents. Au moindre doute, il faisait remplacer un plat par un autre, descendait à ses cuisines, et grondait bruyamment l'ouvrier négligent. Au retour des Bourbons, Beauvilliers fut tourné en ridicule, parce qu'il faisait les honneurs de ses tables, en habit à la française et l'épée au côté.

Nos aïeux mangeaient au *cabaret*, nos pères allaient chez le *traiteur*, nous dînons chez le *restaurateur*.

Brillat-Savarin a essayé de définir le restaurateur.

Selon lui, « un restaurateur est celui dont le commerce consiste à offrir au public un festin toujours prêt, et dont les mets se détaillent en portions à prix fixe, sur la demande des consommateurs. » — Lourde et obscure définition.

Il ajoute : « L'établissement se nomme *restaurant*, — dans tout le midi de la France, on dit un *restaurat*. — Celui qui tient l'établissement est le *restaurateur*. On appelle simplement *carte* l'état nominatif des mets, avec l'indication des prix, et *carte à payer*, la note de la quantité de mets fournis et de leur prix. » — Aujourd'hui, cela se nomme l'*addition*.

Enfin, selon le maître : « Parmi ceux qui accourent en foule chez les restaurateurs, il en est peu qui se doutent qu'il est impossible que celui qui créa le restaurant ne fût pas un homme de génie et un observateur profond. »

L'établissement des restaurateurs fut un fait social. Sous le régime auquel ils succédaient, la bonne chère était le privilége de l'opulence ; les restaurateurs le mirent à la portée de tout le monde. L'homme qui peut, une fois en sa vie, dépenser

vingt ou vingt-cinq francs à son dîner, s'il sait choisir ses mets, et s'il s'assied à la table d'un restaurateur de premier ordre, est mieux traité que s'il dînait chez un prince : il est servi avec autant de splendeur que dans un palais ; il commande à son gré : son goût et sa volonté ne connaissent pas d'obstacles : dégagé de toute considération, il n'obéit qu'aux caprices de sa fantaisie et de sa friandise. Les restaurateurs ont donc fait faire un grand pas à l'égalité sociale, qui s'établit par la communauté de jouissances bien plus que par des théories qui ne parviendront jamais à placer le pauvre au même rang que le riche.

L'Europe nous a demandé nos restaurateurs, comme des missionnaires de civilisation.

Sous l'empire, on vit s'élever si haut la réputation des restaurants de Paris, qu'ils firent en Europe, pour notre cuisine, ce que les dix-septième et dix-huitième siècles avaient fait pour notre littérature, ils la rendirent universelle. Cette splendeur des restaurants de l'empire, n'en déplaise au luxe actuel des tables publiques, n'a point été égalée. Nous ne parlons pas ici du vain éclat que l'on doit à la décoration : nous parlons des mérites réels du service.

58

Les restaurateurs, dans leurs pérégrinations, ont suivi les
phases de l'émigration parisienne.

Le boulevard du Temple, qui fut autrefois l'endroit auquel
la haute société accordait toutes ses prédilections, eut des restaurants fameux : le *Cadran bleu*, la *Galiote*, et d'autres maisons ont connu des triomphes que Deffieux, ou le *Méridien*
et le *Capucin* n'ont jamais obtenus. Il est vrai que les salles
de ces établissements fameux étaient plus souvent occupées
par des grands dîners que par des dîners individuels : les
cabinets surtout étaient fort recherchés. En même temps s'élevait la gloire du *Rocher de Cancale*, dont les perfections ont été
poussées si loin, et chez lequel la chère et les vins avaient des
qualités auxquelles ne pouvaient pas toujours atteindre les tables les plus opulentes. Le boulevard du Temple eut longtemps,

et il ne l'a pas encore tout à
fait perdu, le privilége de ce
qu'on était convenu d'appeler
les *parties fines*, on y dînait
rarement seul. Le *Rocher de
Cancale* était alors la patrie et
l'asile classique des beaux dîners, de ceux qui tenaient à
une supériorité véritable et
complète. Les dîners chantants

les déjeuners du Caveau, et tout l'esprit qu'on y dépensait, n'é-
taient regardés que comme une enseigne retentissante. On était
assez mal venu à se présenter seul dans ces endroits : le convive
solitaire, relégué dans le désert de la salle commune, était

négligé : il n'obtenait des garçons, qu'il voyait passer devant lui, ni soins ni prévenances ; il mangeait froid et avec d'insupportables lenteurs. Les gens de quelque expérience ne se hasardaient pas dans cette galère.

Les étrangers, les nouveaux venus des départements et les  officiers, à leur passage ou à leur retour, se réunissaient infailliblement chez Legacque et chez Very. Ces deux restaurateurs habitaient de longs pavillons construits sur la terrasse des Feuillants, près de la première grille d'entrée de la rue de Rivoli. On se pressait dans leurs étroits salons : les déjeuners et les dîners s'y entassaient sans relâche. Cette vogue était méritée ; chez l'un d'eux, elle s'est continuée avec éclat

A la Chaussée-d'Antin, les déjeuners du Café anglais ; les célèbres coquilles de Hardy et les rognons à la brochette de Riche attiraient le monde jeune et élégant. On disait gaiement *qu'il fallait être bien riche pour dîner chez Hardy, ou bien hardi pour dîner chez Riche.* Le Palais-Royal était alors le centre de tous ceux dont le plaisir occupait la vie ; là, s'étaient réunis les restaurateurs qui faisaient le plus de bruit : à leur tête, on retrouvait Very et ces *Trois Frères provençaux,* dont le souvenir ne périra pas. Autour du Palais-Royal se groupaient des maisons distinguées : Beauvilliers, Robert, et cette autre trilogie, dont la gastronomie avait fait un calembour :

Ró, Méot et Juliette, on citait aussi le *Veau qui tette*, ce Cocagne de la bourgeoisie parisienne !

À cette époque, chaque maison avait une renommée spéciale. Robert excellait dans toutes les préparations du bœuf et dans les diners commandés :

le *Veau qui tette* devait sa prospérité aux pieds de mouton ; il y en avait dont on vantait le gras-double sur le gril ; les *Frères proven-çaux* ont fait fortune avec la morue à l'ail, l'illustre bran-dade, et leur cave sans re-proche ; au *Rocher de Can-cale*, Baleine florissait par

les hautes qualités de ses vins et son excellent poisson ; le *Cadran b'eu* et ses galants mystères faisaient le succès d'Henneveu. Quelques gourmands, plus extravagants que délicats, se divertissaient à visiter, dans la même journée, les prodiges et les chefs-d'œuvre de chaque cuisine ; d'autres s'amusaient à diner au rebours, en commençant par le dessert et en finissant par le potage : folies d'estomacs en délire et blasés sur toutes les saveurs.

Autour de ces astres resplendissants gravitaient des satellites et des planètes secondaires fort recommandables, et qui avaient aussi conquis une juste faveur dans les régions moyennes.

Le caractère particulier des restaurateurs de l'empire fut le

soin et la scrupuleuse application apportés à tous les détails
du service ; presque tous ils s'étaient formés à leur profession par une précoce et longue expérience. Chez eux, le public était traité, servi avec une probité consciencieuse ; on s'y
montrait poli et complaisant, et prêt à réparer tout ce qui pouvait contrarier la satisfaction ou le bien-être. Le luxe de ces
établissements était loin de ce qu'il est aujourd'hui, mais tout
y était propre et élégant.

Le soir, cette existence des restaurants de Paris, qui tout à
coup s'allumait aux clartés, faisait rayonner le mouvement et
produisait une agitation féconde ; tout s'embellissait sous cette
influence favorable, et la population, heureuse de ces nouveaux
bienfaits, en jouissait avec ravissement.

Les années 1814 et 1815, attristées par les deux invasions,
furent pour le Palais-Royal des jours de liesse et de félicité.
Le Palais-Royal et sa rotonde étaient un point de rendez-vous universel. On raconte que, dans une charge de cavalerie
faite par deux régiments, deux officiers, anciens camarades
d'école, se rencontrèrent : c'était à Iéna ; les trompettes sonnaient, et les deux condisciples n'eurent que le temps d'échanger rapidement ces exclamations : « A Paris !

— Après la campagne !

— Au Palais-Royal !

— Devant la rotonde !

— A cinq heures !

— Le jour d'arrivée ! »

Ils furent tous deux exacts au rendez-vous, et les dangers
qu'ils avaient courus ajoutaient au plaisir de se revoir.

Lorsque l'Europe en armes se rua tout entière contre la France, tous les chefs de cette multitude n'avaient qu'un seul cri d'attaque : *Paris ! Paris !* Tel fut le cri qu'ils poussèrent des bords du Rhin aux rives de la Seine. A Paris, que demandaient-ils tout d'abord ? le Palais-Royal ! Un jeune officier russe y entra à cheval. — Au Palais-Royal, quel était leur premier désir ? — Celui de se mettre à table chez les restaurateurs, dont ils citaient les noms glorieusement venus jusqu'à eux.

Nous ne voulons point d'autres témoignages de ce que furent les restaurants de Paris, sous l'empire.

Depuis 1815 jusqu'à 1830, on ne vit pas diminuer cette grandeur; mais peut-être, à force de s'étendre, fut-elle moins réelle, moins solide et moins durable que dans l'époque précédente. Ainsi, le nombre des restaurateurs s'augmenta; ces établissements, avec une intelligence admirable, s'adressèrent à tous les besoins et à toutes les distractions; ils se placèrent à tous les étages de la société, et répandirent dans l'existence de chacun et dans la vie générale des facilités nouvelles, dont ils n'avaient trouvé nulle part les traces et l'indication. Ce fut là le vrai et le premier mérite des restaurants de Paris, durant ces quinze années. Ces avantages, qui ont tout fait pour la communauté, n'ont-ils pas amoindri les délices privilégiées? C'est des faits eux-mêmes que nous ferons jaillir la réponse à cette question.

Les jeunes ambitions s'irritèrent contre les vieilles renommées. Ne pouvant pas leur contester les qualités qui recommandaient les anciennes maisons à la faveur publique, les nouvelles maisons leur firent une double concurrence, celle d'un luxe d'appartements et de vaisselle, et celle d'une baisse de prix. Sous ces coups, les vétérans ne succombèrent pas, mais le dégoût affaiblit leurs forces et leur zèle; quelques-uns sont tombés, mais plusieurs ont fait leur retraite en échelons, et se sont retirés avec des dépouilles opimes. Il est arrivé que les restaurateurs, dans cette fièvre de croissance qui a multiplié les établissements nouveaux, sont presque tous descendus des sommets; les maisons médiocres se sont créées partout, et les maisons supérieures ont disparu une à une.

Aussi, pendant la période de quinze années, Paris s'est couvert de maisons fort convenables, mais il a vu les cuisines d'élite éteindre le feu de leurs fourneaux. Quelques météores éclatants ont traversé l'espace. Où sont-ils ces astres naissants? et que d'étoiles ont filé sous nos yeux.

Au boulevard du Temple, la noce et le festin ont tout réduit à des proportions mesquines. A la Chaussée-d'Antin, combien de temps ont-ils brillé, ces pompeux salons, aujourd'hui déserts et délaissés, et ces lambris somptueux tant de fois visités par le désastre. S'il fallait dire tout ce que nous n'avons plus, et tout ce qu'on a cru remplacé par les dorures du dedans et celles du dehors, on verrait combien, sous ces splendides apparences, et sous ces vanités reluisantes, nous avons perdu de biens véritables.

Lorsqu'un restaurateur a installé ses tables dans de magnifiques appartements; lorsque son service a poussé jusqu'à l'excès le faste de sa vaisselle, de sa verrerie et de son linge; lorsqu'il a rassemblé tous les éléments d'une irréprochable nouveauté, il se croit débarrassé de toute autre obligation ; les promesses même de son buffet ne sont qu'un leurre. Et l'on s'étonne que le public ne se laisse point prendre à ces déceptions, et qu'il ne consente pas à payer les frais de cette superbe magnificence qui n'a rien fait pour son bonheur ! Aujourd'hui, on n'est plus égaré et attiré par cette orgueilleuse dérevance ; on attend prudemment que le temps ait passé sur tout cela. Le bruit et le charlatanisme  ne trompent plus. On sait les piéges et les artifices cachés sous ces draperies ; on voit tout ce que préparent de tribulations ces cabinets si coquettement meublés et si discrètement arrangés ; on n'y entre qu'avec méfiance : on a trop bien appris que toutes les merveilles qui sont sur les murailles se retrouveront sur la carte. C'est là le secret des ruines si rapides de ces boîtes et de ces cages dorées que nous avons vues s'écrouler ! Nous pourrions citer un exemple redoutable de cette décadence que le luxe traîne à sa suite. Un café, héritier d'une renommée bien établie, recevait nombreuse compagnie dans ses petits cabinets du rez-de-chaussée et de l'entre-sol : c'était la maison de Socrate, toujours assez grande lorsqu'elle était pleine de vrais amis. Il eut un accès de vanité : il loua un premier étage, construisit, dora et meubla richement de grands salons ; ils restèrent vides, et furent visités par la faillite : il fallut déguerpir. Un autre vint s'y établir ; mais l'endroit est maudit, on n'y va plus.

Ces catastrophes n'ont pas seulement affligé les hauts lieux. Des quartiers délaissés tout entiers attestent l'inconstante cruauté de la mode. Le boulevard de l'Hôpital, par delà le jardin des plantes, avait élevé des temples au dîner : l'*Arc-en-ciel*, le *Feu éternel* et le *Panier fleuri* ont eu de beaux jours :

le flot populaire avait amené à eux le monde fashionable. Nous n'avons fait que passer, ils n'étaient déjà plus : la disgrâce du boulevard du Temple les a roulés dans l'abîme. Et le *Veau qui tette*, qu'est-il devenu ce témoin de tant de fêtes joyeuses, ce théâtre de tant de banquets ?

Nous diviserons les restaurants de Paris en trois classes : au delà, ce n'est plus qu'un amas confus : plus bas, les ténèbres ; plus bas encore, le chaos et de hideux cloaques.

Les restaurants de premier ordre ont un signe qui les fait tout de suite reconnaître : leur dignité, c'est la cherté du prix. Cette singulière aristocratie est celle qui, dans presque toute la hiérarchie commerciale, est un tarif de noblesse et d'élévation. Chez les restaurateurs, ce trait est plus saillant que dans les autres professions.

Ces maisons, tenues presque toutes avec beaucoup d'ostentation, ne sont jamais entièrement défectueuses ; mais elles ne répondent pas toujours à leur renommée. Dans ces derniers temps, les plus célèbres restaurants avaient semblé fai-

blu, deux ou trois seuls soutenaient encore l'antique honneur.
Ce fut un lamentable spectacle que celui de la lente et doulou-
reuse agonie du premier de ces établissements, le *Rocher de
Cancale*, tombé de si haut. La retraite des *Trois Frères provençaux* suivit ou précéda ce funeste événement: le *Café anglais*
n'était plus; le *Café de Paris* n'apparaissait que dans l'ombre;
la *Maison dorée* n'a jamais voulu agir sérieusement. Paris,
encombré de tant de restaurants naissants sur tous les points
de sa surface, se voyait près de manquer de bonnes tables. Un
moment, leur espoir de salut reposa sur ces deux illustres ju-
meaux de la galerie transversale du Palais-Royal qu'une simple
cloison sépare. Seuls, ils ont soutenu le fardeau d'un renom
difficile à porter; près d'eux, l'hérédité des *Trois Freres provençaux*, et, à une autre extrémité, le *Café Corazza* de succu-
lente origine, leur sont venus en aide, et les temps prospères
semblent enfin revenir. Nous n'hésitons pas à répéter que, dans
notre sentiment, on est moins bien traité, chez les restaurateurs, qu'on ne l'était autrefois. Les préparations et les assaisonnements affectent une désolante uniformité. Deux sauces
reviennent sans cesse: l'une est brune, elle représente les jus
et les glaces: l'autre est blanche et jaunâtre, elle sert à toutes
les fricassées. Tout ce qui est brun n'est pas jaune, et tout ce
qui est jaune n'est pas brun: il est impossible de sortir de ces
limites. Les noms de ces deux sauces inévitables varient et se
transforment avec une aisance et une prestesse qui répondent
à tous les besoins. Les accidents de mets douteux pour les denrées d'une grande sensibilité, comme les œufs, le poisson et
le gibier, sont devenus plus fréquents. La qualité des vins a

subi de rudes atteintes ; chassée de la cuisine, la loyauté ne s'est pas réfugiée dans la cave.

Il y a sans doute d'honorables exceptions : mais la condition générale a été altérée et se détériore de plus en plus.

Les restaurants du premier ordre ont fait dans une autre partie des progrès notables ; pour les dîners qu'ils donnaient autrefois, il y avait une routine de carton et de fleurs artificielles dont ils ont secoué le joug, et leurs repas, maintenant rehaussés par tout ce qui peut leur donner du relief, sont franchement entrés dans la voie des habitudes de la vie confortable et élégante. Sauf des différences ineffaçables, nous n'hésitons pas à placer, au-dessus des meilleures tables de la ville, les dîners des salons de nos premiers restaurateurs.

Un exemple, que nous empruntons à un livre qui fait autorité en matière de gastronomie, mettra cette vérité dans tout son jour.

C'était au *Rocher de Cancale*. On commença par six petites huîtres de Marennes et autant de cuillerées de potage qui neutralisent la froide sensation des huîtres ; on essaya plusieurs potages, le verre de madère suivit. Le premier service fut digne du début. L'admiration du narrateur s'exprime ainsi : « Ce n'est pas que le nombre des plats fût grand ; mais ils étaient si bien gradués, et la façon, la mine, la fraîcheur, la force et la saveur étaient si excellentes, que tout le monde dut les admirer...... » L'historien se plaint ici que, pour le coup du milieu, on ait employé le punch à la romaine, au lieu du sorbet au rhum.

Il ajoute :

« On nous servit dans une argenterie d'un goût parfait et chaude, de plaqué anglais, et à la lueur de bougies brillantes. » Il cite ensuite quelques mets exquis, puis il s'écrie : « Le reste du petit et magnifique dîner fut parfait. Si vous voulez, dit-il, en avoir une idée, figurez-vous M. de Talleyrand ou Laurent de Médicis donnant à dîner à neuf gourmands de ses amis. » Dans ces louanges, nous faisons la part de l'enthousiasme, mais elles ont pu être données sans être taxées d'exagération.

Les chroniques du vieux *Rocher de Cancale* regorgent de prouesses de ce genre.

Ce dîner, qui était donné par lord W..... et auquel prirent part neuf convives, coûta 100 francs par tête. Nous lui opposerons un dîner fort original, que donna, il y a quelques années, M. Romieu. Il écrivit le matin, à Borel, de lui tenir prêt, à deux heures, pour six personnes, une soupe aux choux, bœuf, lard et saucisses, haricots rouges au lard, un haricot de mouton aux pommes de terre, une oie farcie de marrons, une salade de mâches et une tarte aux pommes, gros pain, linge bis, couverts d'étain, faïence et verres communs.... En vins, tout ce qu'il y a de plus cher.

M. Romieu avait adopté, pour ses repas, même chez le restaurateur, un usage créé par M. Jules Didot, qui dinait, l'été, en vestes blanches, et l'hiver, en robes de chambre pour tous les convives.

Un jour, une *ordonnance* du ministère, ayant vu M. Romieu et ses compagnons dans cette tenue, rapporta qu'il l'avait trouvé dinant avec des Turcs.

Une autre fois, trois joueurs allèrent trouver Borel, et lui dirent : « Après avoir beaucoup gagné, nous avons presque tout perdu ; il ne nous reste pour tout bénéfice que ce billet de 1,000 fr. Nous voulons le manger en un repas. » L'honnête restaurateur leur fit observer que leur désir n'était pas plus facile à contenter que celui de ce grenadier qui demandait du café à 6 francs la tasse. Ils insistèrent. On eut beau leur prouver que la chose n'était pas possible, et qu'il fallait de toute nécessité augmenter le nombre des convives ; toutes les remontrances furent inutiles. On se prit à imaginer ce qu'il y avait de plus cher. A l'un d'entre eux il vint une idée singulière. On était au mois de décembre, par un froid qui avait gelé tous les cours d'eau : il proposa de manger un plat de grenouilles que l'on irait pêcher, en rompant la glace. On mit sur pied, pour cette expédition, cinquante travailleurs qui demandèrent 500 francs pour un cent de grenouilles, dont on fit un potage auquel personne ne toucha.

Aux *Trois Frères provençaux*, un dîner de buveurs s'installa dans les caves si justement célèbres de ce restaurant.

Les grands dîners, chez les traiteurs de premier ordre, tiennent aujourd'hui, dans nos mœurs, une large place : ce ne sont plus seulement les banquets, les anniversaires et les corporations qui s'emparent des beaux salons que l'on a construits pour cet usage, ce sont des dîners intimes ; on connaît maintenant partout ce que l'on n'a longtemps connu qu'au *Rocher de Cancale*.

Les restaurants du second ordre sont nombreux ; on les rencontre dans presque tous les quartiers fréquentés. Ils préfèrent les grandes rues, les boulevards ; il y en a beaucoup au

Palais-Royal, à côté des trois ou quatre élus toujours recherchés par l'aristocratie des dîneurs. Quelquefois ces restaurants
déploient plus de luxe que ceux qui sont au-dessus d'eux ; mais
ils n'ont pas le secret des mets excellents, ils ne donnent que
des choses qui sont rigoureusement bonnes. Les vins surtout
ne sortent jamais, chez eux, de cette estimable médiocrité.

Au troisième rang, nous placerons un nombre encore plus
grand de maisons recommandables, mais qui ne peuvent pas
faire la dépense nécessaire pour s'élever et servir avec distinction ; elles se blottissent dans un ordre inférieur, et n'ont plus
qu'une seule ambition, celle de bien faire de petites choses. Il y
a généralement de l'honnêteté dans ces moyennes régions : on
y fait moins de train qu'en haut et moins de mensonges qu'en
bas.

Ces restaurants de second et de troisième ordre sont ceux
que hante le commun des dîneurs ; leur population se compose
de cette foule vulgaire qui vit placidement entre l'opulence et
la pauvreté : c'est la zone tempérée de la sphère sociale.

Dans les salons du premier ordre, même ceux qui sont au
rez-de-chaussée, on rencontre des personnages de toutes les
hautes conditions ; la noblesse, les dignités et les distinctions
intellectuelles s'y confondent. Des familles étrangères y viennent prendre leurs repas ; les manières et le ton de ces colonies de visiteurs indiquent le rang qu'ils occupent dans leur
pays. C'est dans les restaurants de premier ordre qu'on voit
ces opulentes fortunes d'un jour, qui jouissent de quelques
heures prospères, comme si elles possédaient une éternité de
richesses. C'est là aussi que paradent au carreau la vanité du
fat et la jactance du sot.

Par une convention tacite, dont il serait difficile d'expliquer
les motifs, les restaurants des trois ordres sont consacrés à tels
ou tels repas. Les déjeuners du *Rocher de Cancale* étaient
tombés en désuétude ; on déjeunait chez Véry, aux Tuileries ;
on ne déjeune plus chez Véry, au Palais-Royal ; chez les *Trois
Frères provençaux*, le déjeuner était presque inconnu ; les
déjeuners de Tortoni et ceux de Corazza ont toujours été courus et *bien portés* ; la palme du déjeuner ordinaire et celle du
déjeuner prié appartiennent à Tortoni ; le *Café de Chartres*,
Vefour, a hérité de tous les déjeuners de la galerie de bois et de
la galerie vitrée. En tous temps on a soupé au Palais-Royal ;
à la Chaussée-d'Antin, si l'on en excepte les nuits du *Café anglais*, on ne soupait que par intermittence.

Dernièrement, le *Rocher de Cancale* a voulu reprendre ses
déjeuners chantants, personne n'a compris ce que cela signi-
fiait : c'était un anachronisme.

Pour plusieurs personnes, la vie chez le restaurateur est

une nécessité absolue : l'incertitude des heures et le besoin de régler leur dépense font à certaines positions une loi de cette habitude. Nous n'hésitons pas à dire que, pour ces gens, quelles que soient les délices dont ils s'entourent, cette vie n'engendre que la satiété et le dégoût. Elle ne va qu'à quelques estomacs blasés, qui s'y accoutument, à peu près comme Mithridate qui s'était accoutumé au poison.

Ces inconvénients particuliers sont amplement rachetés par les avantages que l'existence des restaurateurs offre au plus grand nombre. Le choix de l'heure est à elle seule un bien précieux, pour les affaires et pour les plaisirs ; les voyageurs et la population errante trouvent à chaque pas une hospitalité toujours préparée à les recevoir, et dont ils peuvent aisément mesurer le prix.

Pour l'observation et pour les personnes qui font d'un dîner chez le traiteur une simple distraction, c'est une ressource dont il est en quelque sorte presque impossible de mesurer l'étendue. La société tout entière vient passer sous les regards du dîneur, qui la contemple et l'étudie dans ce qu'elle a de plus expansif. On ne peut pas même essayer de donner l'idée de ce tableau sans cesse mouvant. Ce n'est pas la société habillée des salons, le monde affairé des rues, les poses et les prétentions de la promenade, les préoccupations des salles de spectacle ; c'est une multitude aux prises avec des sensations qui l'entraînent malgré elle. C'est un examen plein d'intérêt que de suivre la gradation des propos des tables voisines. Ordinairement les débuts sont réservés et contenus. On ne parle pas, on observe soi et les autres ; mais bientôt l'effusion et l'abandon naissent,

pointent et se révèlent : c'est une confession générale et des
plus divertissantes. On prétend que, dans les rêves, chacun
parle de ce qui l'intéresse le plus; il en est de même dans les
épanchements du repas. Toute intrigue prudente et discrète,
qu'il s'agisse d'intérêts ou de galanterie, de sentiments ou
d'opinions, doit dîner en cabinet particulier. Ce qui augmente
encore le charme de ce spectacle, c'est que la série des figures
est interminable et se renouvelle incessamment : il y a des
groupes burlesques, il y a des caricatures isolées, de tout âge,
de toutes figures et de toutes les nuances ; les caractères de la
scène n'ont rien à comparer à cette variété. A chaque instant,
les verres de cette lanterne magique changent, et les images
se renouvellent. Chez les restaurateurs, il règne aussi une liberté d'allures qui, pour ceux que chagrine le joug des relations et des convenances, est encore une conquête et une joie.
Le silence des uns, le bavardage des autres ; l'embarras, la
timidité, la gaucherie, l'audace et l'aplomb, l'impudence
même, les cris de l'impatience, les transports de la satisfaction, toutes ces physionomies si diverses et remuées par tant
de passions ; les goûts, les manies, la surprise, les désappoin-
tements, les ravissements, la colère de ceux-ci et la béatitude
de ceux-là, forment une suite d'oppositions soudaines et pleines
d'attraits.

Pour bien jouir de cet aspect, il ne faut pas s'arrêter sur le
seuil, c'est-à-dire, dans les premières salles : il faut pénétrer
dans le sanctuaire le plus avant possible.

Tous ceux qui fréquentent les salons du premier ordre ne
font pas une dépense formidable ; il y a des lions qui boulever-

sent toute une maison, pour se faire servir une côtelette, une
compote et une carafe d'eau frappée. On n'est pas toujours
isolé au restaurant, sans parler de ce flux et reflux de mangeurs qui ne laissent point une seule place vacante; on se rencontre, on se rassemble et on se lie, comme en diligence.
Nous avons vu chez Véry, et au *Café de Paris*, des sociétés
de dineurs assis comme dans un réfectoire, où chacun mange
sa portion; on y était fort gai, et plus d'un homme d'esprit y
trouvait son diner à la pointe de ses saillies.

Certaines délicatesses s'habituent difficilement au choc des
odeurs et des émanations qui s'élèvent de ces mets, de ces
substances et de ces aliments si nombreux et si mêlés. Il est
aussi des contrastes pénibles : un diner qui commence et un
diner qui finit s'arrangent mal de leur voisinage : le bol du potage et celui du *lavabo* se regardent de travers.

Ces infirmités sont celles de la vie publique.

Au-dessous du troisième ordre, on ne rencontre plus que des
lieux où le diner est une occupation dégagée de toute sensualité; là se rendent les bonnes gens qui mangent pour contenter
un appétit et satisfaire un besoin. Les maisons qui servent à
cet usage sont sans nombre et sans couleurs; cependant la vérité nous porte à reconnaître que, dans ces endroits, il y a
moins loin du prix à la valeur que dans l'ordre supérieur; le
bénéfice diminue avec la qualité; mais nous pensons aussi qu'il
y a plus de probité dans les petits marchés que dans les grands.
Les restaurateurs du quatrième ordre touchent de bien près à
ceux auxquels il n'est plus possible d'assigner un rang.

Sur cette extrême frontière, on trouve la *cuisine bourgeoise*.

espèce de Maritorne, au tablier sale, et chez qui l'uniformité
de la table ne sied qu'à ces estomacs mécaniques qui broient
et digèrent, comme le mortier tourmenté par le pilon, sans
rien sentir.

Au delà de la cuisine bourgeoise gît la gargote. A certaines
heures de la journée, la gargote, que peuplent le déjeuner et
le dîner des ouvriers, présente un
coup d'œil grouillant, comme celui
d'une masse d'insectes. Si la table
n'est pas nue, elle est couverte d'une
nappe outrageusement tachée. Le
matin, on remplit les écuelles, et
l'on sert un plat de ragoût ; à trois
heures, on mange le bœuf bouilli et
les légumes : le vin se paye à part,
on apporte son pain. Dans quelques-
uns de ces endroits, on ne peut com-

parer la basse nature des mets qu'à la voracité avec laquelle
ils sont engloutis. Ailleurs, et sous ce rapport, le progrès est
manifeste, les denrées sont de qualité loyale.

Il y a deux espèces de gargotes bien distinctes. Dans les
unes, on se pique de luxe et de raffinement : on fait des mets
friands : la gibelotte, le civet, les hachis, les ragoûts, les salmis, et l'*arlequin*, cette *olla podrida* du bohemien de Paris,
y fleurissent. C'est aussi dans ces perfides préparations que se
glissent les pseudo-lapins, la venaison des charniers de Montfaucon, la marée du ruisseau, et la desserte au petit crochet,

et, depuis quelque temps, le bouc sous une peau de mouton.
D'autres *ordinaires* sont loyalement composés de viandes rôties ou bouillies, de légumes courants et de la marée commune :
dans ceux-là tout est sain et loyal. Les *fines gueules* dédaignent ces lieux, et préfèrent ce qu'ils appellent le bon fricot.

Généralement, à Paris, l'homme de peine et de labeur se
nourrit bien ; il n'y a que le fainéant et le débauché qui soient
exposés à ces immondices. Mais il faut ajouter qu'il est dans
l'alimentation populaire une fraude à laquelle rien ne soustrait
la petite consommation, c'est celle du vin : il coule dans le
ruisseau, comme l'eau dans la rivière, pour tout le monde. Le
riche n'échappe point toujours à ces artifices, mais l'indigent
leur est livré sans merci. Le repas de l'ouvrier est infecté par

le vin frelaté, comme le déjeuner de la portière est affligé par le lait falsifié.

Voici quelle était, il y a trente ans, une *salle* où les cochers de fiacre prenaient leurs repas. On y entrait précédé ou suivi par une petite fille armée d'une énorme cuiller à pot en cuivre étamé, pleine d'une eau grasse qu'on appelait un bouillon. La *salle* était une enceinte contenue entre quatre murailles charbonnées du haut en bas ; la table était longue et étroite : les gobelets étaient de fer-blanc, l'argenterie était en fer ; le repas y était frugal, mais point mauvais. Ces mœurs ont subi quelques modifications superficielles, mais le fond en est le même.

Les arrière-boutiques, les entre-sols, et quelquefois le premier étage des marchands de vin, font ripaille ; mais presque toujours la charcuterie fait les frais de ces repas souvent fort appétissants, et qui n'ont rien des révoltantes habitudes de la gargote.

Quant à ces endroits où la soupe était servie dans un trou creusé dans la table, et où le bouillon était distribué par le piston d'une seringue à cheval, ce sont des souvenirs aussi historiques que ceux de la mère Camus.

Dans les bas-fonds, se trouvent le *tapis franc* et ses bouges infects. Nous ne pénétrerons pas dans ces repaires, nous les ferons connaître par un seul trait. M. Gisquet, étant préfet de police, ordonna, par de fortes chaleurs, une vérification des viandes mises en vente chez les charcutiers, et qui sont trop souvent faisandées à outrance ; on jeta à la voirie, dans la fosse commune, ces viandes corrompues : le lendemain, il n'en restait plus aucun vestige ; tout avait été enlevé dans la nuit. Il

en est ainsi des poissons gâtés et de tous les restes qu'on jette
au coin de la borne ; c'est cette *macédoine* qui prend le nom
sémillant d'*arlequin* Les gargotes de bon goût achètent les débris des grandes tables que vendent les valets.

Dans ces bouges, la physionomie populaire, sous tous ses

aspects, naïfs ou pervers,
avec ses instincts bons ou
mauvais, avec ses pen-
chants et ses inclinations,
a une vivacité de franchise
d'une singulière énergie,
et dont l'ivresse échauffe
et développe la vigoureuse expression.

Les restaurants de Paris ont des cantons réservés. La rue
Montorgueil et ses déjeuners d'huîtres et de marée ; Bercy et
ses matelotes ; les environs des halles, leurs pièces de boucherie et leur poisson toujours frais ; les Champs-Élysées et
leur carte champêtre, forment autant de pays à part, qui tous
ont des mœurs indigènes.

Il est une autre famille de restaurants dont les familles sont
étrangement nombreuses ; nous voulons parler des restaurants
à prix fixe.

Ceux du premier ordre sont à 2 francs : c'est la première
des séductions à laquelle cèdent l'étranger et la gent départe-
mentale. Quatre plats au choix, avec les accessoires du potage
et du dessert, la demi-bouteille de vin et toutes les évolutions
d'échange, qu'on peut exécuter, les éblouissent et les attirent
comme fait le miroir avec les alouettes. Les nouveaux commis, les

dandys éreintés, les médecins sans malade et les avocats sans cause, le jeune écrivain dont le premier article a été inséré le matin, les comédiens de province qui font *grève* sur les chaises du Palais-Royal, et les sous-officiers en goguette, garnissent les tables à 2 francs. Le dimanche, le bonnetier s'y rencontre en partie fine avec sa dame, son jeune homme et ses demoiselles. De ce prix, en passant par tous les degrés, et de soustraction en soustraction, on tombe à celui de 80 centièmes, avec deux ou trois plats, potage, dessert et  un catalon de vin. Dans ce gouffre du prix fixe sont absorbés toute la basse boucherie et tout l'approvisionnement douteux. Il y a quelques années, les affiches de ces restaurants indiquaient, jour par jour, les friandises et les petits plats que la carte promettait pour toute la semaine. La population des petits dîners à prix fixe se compose surtout de ces individus qu'on désigne sous le nom de *pauvres hères*, que tout le monde connaît et que personne ne définit. Les familiers de ces tables mangent toujours beaucoup de pain, qu'ils ont à discrétion : ils sont si peu sûrs du lendemain, que, pour eux, bourrer leur estomac, c'est mettre dans leurs poches. La littérature naissante se fait remarquer parmi ces races de dévorants et de rongeurs. Les prix fixes abondent surtout dans le quartier latin et dans les environs du Palais-Royal. Nous l'avons dit, ceux du dernier rang disputent à Montfaucon les provisions de son garde-manger.

Dans le quartier latin, à côte du *prix fixe*, mais au-dessus de lui, se place le restaurant à bon marché : le *maximum* est à 30 centimes le plat à l'usage des *gentlemen-écoliers*. Le moment solennel de la journée, que les cuisines et le service des restaurants appellent le coup de feu, y agit avec une violence sans pareille ; les jeunes appétits se ruent sur les mets substantiels avec fureur. C'est un cri de détresse générale, lorsque le *chef* proclame d'une voix retentissante cette terrible sentence : *Il n'y a plus de bœuf!* Deux ou trois restaurants de la rue de la Harpe et de la rue Saint-Jacques, à la tête desquels nous placerons Rousseau et Flicoteau, l'immortel Flicoteau, dont la dynastie a fondé son fief près de la place de la Sorbonne, se distinguent entre tous les autres. Sur ces tables les carafes sont gigantesques ; le vin n'y est qu'un préjugé.

Les cuistres, dont l'espèce n'est point perdue, comblent les vides que laissent les étudiants.

Près du Palais-Royal, il a été créé, pour le monde artiste, quelque chose de semblable aux restaurants du quartier latin. Là aussi, à l'heure du dîner, on voit affluer, chez Rouget et consorts, les nuées de sauterelles voraces qui s'envolent de l'estaminet et de l'atelier, pour s'abattre sur toutes les combinaisons du bœuf rôti ou bouilli, du veau et du mouton sous toutes les formes des variétés simples. Dans ces parages, le vin est connu, mais seulement à petite dose, par carafon ou quart de bouteille.

Le garçon de restaurant forme une classe séparée de toutes

les autres catégories du service : il y a des garçons qui vieil-
lissent dans la même maison, et pour qui les secrets, la clientèle, et tous les détours du sérail n'ont rien de caché ; pour
un établissement considérable, ces vieux serviteurs sont précieux ; ils savent tant de choses, qu'ils ne sont pas faciles à
tromper. Lorsqu'un garçon est intelligent, il y a agrément et
profit à se laisser diriger par lui ; s'il a eu des preuves de votre
générosité, et si vous avez été avec lui affable et poli, il vous ser-
vira avec zèle et avec goût ; ne le gênez point, et fiez-vous à son
savoir. Lorsque la parcimonie ou la mauvaise humeur de ceux
qu'il sert irritent un garçon, il n'est pas de tribulations qu'il
n'invente pour vexer sa victime ; il se montre ingénieux et barbare dans les tourments qu'il lui inflige. Règle générale : afin
que vous soyez content du garçon, faites en sorte que le garçon soit content de vous.

Dans les cabinets particuliers et dans les salons réservés,
le service du garçon est plus intime ; il exige plus de confiance
mutuelle. Les mystères des restaurants ne sont pas le chapitre
le moins intéressant des mystères de Paris : les garçons les
pénètrent tous ; mais ils sont discrets. Les occasions de rire se
présentent souvent à eux, lorsque, dans les ingénues du jour,
ils reconnaissent les grisettes de la veille, que le lendemain ils
reverront peut-être avec un nouveau galant. Les mémoires
d'un garçon de cabinets particuliers contiendraient de piquantes
révélations : ce serait Gil Blas en tablier.

Il y a des garçons modèles auxquels un seul regard dit tout,
apprend tout et fait tout comprendre. Cheron, chez Very, avait
servi dans l'intimité tous les hommes considérables, qui le

traitaient avec une bienveillante familiarité ; les jeunes femmes
souriaient toutes en passant devant lui ; et, pour les prodigues, il était un banquier officieux qui escomptait la carte.
Chéron était comme les esclaves de Lucullus ; on lui indiquait
le cabinet dans lequel il fallait mettre le couvert, cela suffisait,
tout était dit. Chéron est mort sans laisser de successeur.

Le garçon de restaurant doit être preste, alerte, prompt à la
riposte, propre, coquet, un peu *Picaro* et Frontin : il faut qu'il
ait une espèce de distinction dans son langage et sa façon d'être ;
il est jeune ; jadis poudré, aujourd'hui frisé tout naturellement
avec un fer chaud. Si la cravate blanche venait à se perdre, on
la retrouverait au cou d'un garçon de restaurant. Il ne doit jamais être embarrassé ; qu'il vienne ou qu'il ne vienne pas
quand on l'appelle, peu importe : l'essentiel, c'est qu'il ne soit
jamais en défaut. Il a deux réponses toujours prêtes, pour
les demandes qui l'embarrassent : *Monsieur, il n'y en a pas
encore !* ou bien : *Monsieur, il n'y en a plus !* Et aussi le
fameux *Voilà !* qui répond à tout.

Au souper de l'hôtel de ville, en 1837, pour le bal donné
au duc d'Orléans nouvellement marié, M. le préfet de la Seine
fit servir la table par une brigade de garçons de restaurants que
commandait Chéron ; le service fut admirablement prompt. On
suit cette méthode aux Tuileries et dans plusieurs hôtels.

C'est dans son coup de feu que le garçon de restaurant
est surtout admirable, il est à tout, il sert vingt tables à la
fois ; il porte des piles d'assiettes avec l'art des plus habiles
équilibristes, sans rien casser ; il n'oublie rien, sait tout réparer et tout conduire. Dans ces moments, il fait retentir sa

voix comme un mulet qui fait fièrement retentir sa sonnette.

C'est le dimanche surtout, lorsque tout plie et se comble sous l'invasion des bourgeois, que le garçon de restaurant apparaît dans toute sa gloire. Dans ces moments solennels, lorsqu'un garçon vous crie : *De suite, monsieur !* vous êtes condamné à une longue attente.

L'usage de donner au garçon est ainsi réglé : 5 pour 100 sur le montant de la carte, dans les salles; 10 pour 100, dans les cabinets. Il y a à cette règle de nombreuses exceptions, dont chacun est juge.

La province ne comprend pas encore le *pourboire*, cet impôt qui s'infiltre dans les détails de la vie de Paris

Toute la partie féminine du service, dame et demoiselle de comptoir, trône ou minaude, et assaisonne d'œillades et de sourires les mets qu'elle inscrit; plus on descend, plus ce manége est hardi. Les petits prix fixes sont servis par des femmes qu'on appelle *la fille.*

Deux fléaux désolent les restaurants, le vol et le crédit ; il est rare que les garçons ne parviennent pas à dépister le larcin et les larrons ; ils sont, pour cela, d'une finesse exquise ; ils connaissent toutes les ruses des Cartouche que la multiplicité des glaces dénonce presque toujours. Quant au crédit, c'est plus difficile, surtout lorsqu'il se cache sous des dehors décents, élégants et polis. On raconte que Véry ayant été dupé pour une carte de 50 francs par un de ces gastronomes sans argent, lui reprochait, d'abord, d'avoir trop bien dîné et, ensuite, de l'avoir choisi pour son hôte :

« Écoutez, lui dit-il, je vous pardonne, mais à une condition ; c'est que vous irez en faire autant chez mon voisin Véfour.

— Hélas ! reprit le dîneur, c'est lui qui m'a envoyé chez vous pour payer une carte que j'ai laissée chez lui. »

Ces accidents n'empêchent pas bon nombre de restaurateurs de faire des fortunes rapides et considérables, surtout vers les sommets. Il est vrai que dans les couches secondaires et inférieures, la liste des désastres est longue

Il y a des restaurateurs de fortune : ce sont les marchands de vin qui s'élèvent jusqu'à cette position ; il existe à Paris beaucoup d'exemples illustres de cet avancement.

Dans les salons du premier ordre, on voit souvent des convives à l'extérieur modeste ; mais, bien plus souvent, chez les plus humbles restaurateurs, on rencontre de pompeux étalages de toilette. Le dicton de nos pères est donc encore vrai : *Gilet de velours et ventre de son.*

Le dîner, chez l'homme, semble vider le cœur en remplissant l'estomac. Un pauvre mendiant, assis pendant trente ans sur la première marche de l'escalier des *Trois Frères provençaux*, a toujours reçu l'aumône de ceux qui montaient, jamais de ceux qui descendaient.

Les restaurateurs de Paris sont bienfaisants. Chaque matin, ils distribuent aux pauvres les restes du pain et des repas de la veille.

Les Chinois sont maintenant nos voisins. Il est donc tout à fait à propos de parler des restaurateurs chinois. Voici comment un voyageur raconte un souper à Java :

« Le spectacle fini, on se rendait en foule dans les petites boutiques des restaurateurs qui bordent la place ; sur les devantures étaient étalés toutes sortes de comestibles : homards, chevrettes, tripangs, nids d'hirondelles ; tous les beaux fruits de Java s'offraient à l'envi au gourmet chinois. Nous suivîmes le flot qui nous entraînait chez le Véfour du lieu. Celui-ci, tout fier de voir chez lui des officiers français, se multipliait pour nous servir tout ce qu'il avait de mieux.

« Sur une petite table d'une propreté irréprochable et garnie des ustensiles d'usage, c'est-à-dire, d'assiettes microscopiques en magnifique porcelaine, et des deux petits bâtons d'ivoire, on nous apporta d'abord une gelée blanchâtre, sur laquelle étaient quelques tranches de poisson : c'était une espèce de purée de nids d'hirondelles, épicée à emporter la bouche ; nous en conclûmes que le mets favori des Chinois a besoin d'être relevé, et, pour n'en pas avoir le démenti, nous avalâmes consciencieusement. Notre hôte nous regardait faire avec bonheur : ses petits yeux pétillaient avec plaisir. Après cela nous vîmes arriver une foule de petits plats. Qui que vous soyez, si vous dinez jamais chez un restaurateur chinois, je vous recommande la salade de homards et de chevrettes au *soya*. C'est une excellente sauce faite, je crois, avec du jus de viande, et dans laquelle entrent beaucoup d'aromates.

« Nous trouvions tout cela excellent, lorsqu'on nous apporta en grande pompe des tranches très-minces d'une viande blanchâtre sur une gelée filante comme du macaroni. Notre hôte nous montrait le plat d'un air superbe, ayant l'air de nous dire : « Mangez, ceci est mon triomphe. » Nous employâmes donc les petits bâtons, et chacun d'avaler. C'était bon; mais cette viande avait un goût tout particulier, et avant d'en venir à une seconde bouchée, nous voulûmes savoir à quoi nous en tenir. Notre homme nous comprit à merveille, et, baissant la main à un pied de terre, il poussa deux aboiements fort distincts; il n'y avait pas à s'y méprendre, c'était du chien; sans doute quelque pauvre et inoffensif caniche que le misérable avait assommé dans la rue. Notre première idée fut de lancer le plat à la figure du Chinois; mais nous nous ravisâmes, et continuâmes à manger à sa grande satisfaction.

« A une table, à côté de nous, étaient assis deux gros pères chinois à triple menton; sur leur large face était empreinte la satisfaction du gourmet. Ils dégustaient avec délices le fin nid de salangane, ils jubilaient, ces braves gens; mais, hélas! tout est fugitif ici-bas; et, quand vint l'heure de payer, c'était plaisir que de voir la mine refrognée et le gros soupir qui accompagnait chaque roupie qui sortait de leur escarcelle. Quant à nous, nous en eûmes pour dix roupies, **22** francs de **notre** monnaie »

XI

LA CONTREBANDE.

Hors barrières le bon marché, établissements publics, la rainte des invalides, Paris cosmopolite, Paris, ville de garnison, la langue des restaurants. Nomenclature, restaurants-omnibus, hotelleries et auberges, les dîners sur l'herbe, la secte des dé jeuners le bric-à-brac, scènes sans pied. — La Courtille.

Paris dresse ses tables au delà de l'enceinte de ses murailles : à Belleville, la Courtille a des festins gigantesques qui gravissent la colline, et forment la haie des deux côtés du chemin. Là, dans une orgie dont les ardeurs ne s'éteignent jamais, tout prend des dimensions cyclopéennes. le vin coule à flots. les fourneaux flambent comme des forges, et à la broche tournent des veaux et des moutons entiers et des quartiers de bœuf. tandis que d'autres moutons, d'autres veaux et d'autres quartiers de bœuf pendent à la muraille. La batterie de cuisine paraît destinée à préparer des repas de géants, tant les proportions en sont amples, larges et profondes. Dans quelques endroits le rôt semble avoir trouvé devant le feu le secret du mouvement perpétuel : il ne s'arrête pas, l'orchestre lui tient compagnie : le souper et le bal sont toujours prêts : c'est là que sont attendus et dépensés les gains de mauvaise vie. les produits du vice et ceux du crime.

Toute la ville est entourée d'une ceinture de cabarets et de restaurants : quelques-uns, comme *le père Lathuile* des Batignoles. la pelouse de l'Étoile et les marronniers de Bercy, ont une vogue d'été qui croît et décroît selon le bon plaisir de la toute. La banlieue, dans la partie qui touche aux murs de Paris, est un lieu d'asile pour les tables d'hôte et pour les pensions bourgeoises qui veulent se soustraire à l'octroi. Tout y est à bon marché. Nous avons dîné, à la Chapelle-Saint-Denis, avec tous les chœurs de l'Opéra ; après le dîner, ils nous donnèrent un concert vocal, et ils chantèrent avec un zèle que rien ne peut payer ; ils exécutèrent le chœur des soldats des *Huguenots*, et quelques cantates grivoises des plus amusantes. On but force vin de Champagne, et lorsque arriva le moment de payer, l'écot de chacun était de 20 francs ; il est vrai que nous avions dîné à 1 franc 25 centimes par tête. C'est l'histoire de toutes les économies de ce genre.

Les établissements publics que renferme la grande ville : les hôpitaux, les prisons et les colléges, font chaque jour une cuisine colossale. La marmite des Invalides n'est-elle pas une des sept merveilles du monde parisien?

Paris a une hospitalité universelle ; ce n'est point assez qu'il ait appelé à lui les produits de toutes ses provinces, et qu'à ceux qui viennent de différentes contrées, il ait à offrir ce qui peut leur rappeler la terre natale. La cuisine des restaurants de Paris est cosmopolite. Toutes les nations ont ici leurs représentants et leurs mets nationaux. L'Espagne, l'Italie, la Russie elle-même et l'Allemagne ont leurs restaurateurs à Paris ; les Anglais surtout y ont transporté tous les détails de leurs habitudes, pour toutes les conditions, depuis la plus modique taverne jusqu'aux splendeurs de l'hôtel Meurice. La vie anglaise se retrouve à Paris. Dans tout le quartier de la Chaussée-d'Antin, on voit des pièces de bœuf que le faubourg Saint-

Antoine ne pourrait regarder sans surprise. C'est peu que les colonies normandes, marseillaises, auvergnates et bretonnes aient planté leurs tentes, naturalisé leurs jeux, leur musette, leurs danses, leurs chants, leurs goûts et leur nourriture, sur le sol parisien ; il faut que toute l'Europe et le reste du monde soient conviés à cette fête.

C'est un voyage fait autour du monde, la fourchette à la main, et sans quitter la table.

Autour des casernes, Paris, qui se plie si aisément à toutes les fantaisies, se fait ville de garnison : elle a ses pensions d'officiers et ses cantines comme une place forte : ce sont les mœurs de Lille et de Strasbourg que chaque régiment trouve installées ici, comme si elles faisaient partie de l'équipement militaire.

Pour être tout à fait à l'aise, dans les restaurants de Paris, il faut entendre le langage des garçons : leur français de cuisine ressemble souvent au sarcasme et à l'injure. Ils vous répondront que vous êtes sur le gril, à la broche ou dans la poêle ; ils vous apporteront à haute voix *votre tête de veau* et *vos pieds de cochon* ils vous proposeront un bœuf, un veau, un mouton, un goujon, une mauviette, un pois et une asperge. Ils vous offrent un *bœuf-nature* et une *tête-tortue*. C'est de loin, et à grands cris, qu'ils échangent avec la cuisine, la cave et l'office, les demandes et les réponses qui résonnent dans le coup de feu, ainsi que des commandements dans la bataille Pour baptiser les mets nouveaux, on ne cherche plus comme autrefois de nobles parrains ; on est curieux d'appellations ignobles. Un restaurateur s'est rencontré qui, pour achalander sa carte, avait imaginé de donner à ses plats des noms d'actrices, ou ceux des personnages des romans à la mode, le tout saupoudré d'argot. Cette ridicule tentative a complétement échoué.

On a essayé aussi une entreprise d'Omnibus-restaurant ; le son d'une clochette devait avertir les habitants du passage de la voiture, qui apporterait à chaque ménage son dîner tout chaud. On a tenté d'établir de petites messageries entre les cuisines et la halle. Tous ces beaux projets, morts sur le pavé, vivent encore dans quelques imaginations.

Il y a à Paris, dans les faubourgs, dans les quartiers Saint-Jacques, Saint-Marcel, Saint-Denis et Saint-Martin, des hôtelleries et des auberges : on y vit comme au fond de la province. Près du Palais-Royal, nous avons vu un *aubergiste*

A la halle, il y a des soupes publiques, à la cantine, en permanence, depuis cinq heures du matin jusqu'à minuit.

Les restaurants à prix fixe de Lyon ont adopté une mesure que nous recommandons à ceux de Paris. Ils ont fait, des cachets qu'ils distribuent, une monnaie courante, qui s'escompte par le repas, dans tous les quartiers où se trouve le consommateur, sans qu'il ait besoin d'aller plus loin.

Un des goûts les plus vifs de la population parisienne, c'est le dîner sur l'herbe ; ces repas champêtres n'ont rien perdu de leurs faveurs primitives : les parcs et les forêts, dont les chemins de fer ont fait des jardins parisiens, sont, pendant les dimanches de l'été, jonchés de ces douairs assis autour d'un pâté. Ces idylles ont l'avantage d'une économie que la cherté des restaurants de village a rendue nécessaire.

Le cardinal de Retz ne voulait pas que l'on *deshenrât* les Parisiens. Il existe des esprits rebelles qui ne reconnaissent pas le joug du cadran solaire, et qui s'insurgent avec arrogance contre les noms donnés aux repas ; ces gens ne déjeunent pas, ne dînent pas, et nient le goûter et le souper ; ils mangent toutes les fois que leur estomac leur crie de manger ; ce sont des philosophes dont les doctrines font peu de prosélytes, mais parmi lesquels de bons esprits fourvoyés ont longtemps rêvé et rêvent peut-être encore une révolution dans l'ordre et le temps des repas. Le premier effet d'une semblable réforme serait de rendre toute relation incertaine ; tant il est vrai que dans les harmonies de l'existence d'une société, il n'y a rien qui soit indifférent et isolé.

Le bric-à-brac, qui a tout envahi, n'a point épargné la table : pour quelques riches et jolies fantaisies de vaisselle et de verrerie dont il lui a fait présent, pour quelques petits cadeaux de porcelaines venues du Japon, pour quelques charmants débris de Saxe et de vieux Sèvres, de combien de ridicules ne l'a-t-il pas affligée ? Les jeunes lions, qui cherchent en arrière une expérience qu'ils n'ont pas le courage de suivre en avant, ont tout confondu. Chez celui-ci, pour découper un faisan, on se sert d'un yatagan ; c'est avec un poignard albanais que celui-là taille les tranches d'un cuissot de chevreuil ; l'un pèle une poire avec un stylet vénitien à deux tranchants ; l'autre casse des noix avec sa bonne lame de Tolède. Chez un banquier, les verres n'avaient pas de pied, afin que, faute de pouvoir les poser sur la table, on les vidât d'un trait, lorsqu'ils étaient pleins ; un auteur de drames avait pour coupes des crânes dumains montés sur des pieds d'argent et garnis d'ornements funèbres d'un travail merveilleux.

Les sauvages mangent autant avec les ongles qu'avec les dents : chez eux, le premier signe d'adoucissement dans leurs mœurs se manifeste par l'emploi des doigts pour saisir les aliments qu'ils prennent sans les déchirer. D'autres peuples, plus avancés, se servent de baguettes et de bâtons pointus : il y a progrès ; la fourchette à deux dents est en usage dans le nord de l'Europe ; en Angleterre, on est armé du trident d'acier à manche d'ivoire, la fourchette à trois dents ; en France, nous avons la fourchette à quatre dents ; c'est le comble de la civilisation

Paris — Imp. inotn. de S. IMÉRILR et LANCKAND, rue d'Erfurth, I.

1819.